# Maria Borrély

# Mistral

Roman

Aus dem Französischen und mit
einem Nachwort von Amelie Thoma

kanon verlag

Er hatte sich leise erhoben, war mit sachtem Flügel über die Hausdächer gestrichen und dann verstummt, als hätte er sich tief in eine Höhle verkrochen.

Plötzlich war er mit schrecklicher Stimme gewaltig drohend angeschwollen.

»Das ist die Montagnère«, sagt die Marie. »Heute Nachmittag, beim Waschen unten am Brunnen, ließ der Wind das Wasser auffliegen. Ich war triefnass und mir war nicht warm.«

Ihre Stimme ist eine Freude, und das Spiel ihrer Lippen entblößt im Lampenlicht blitzende Zähne.

»Ich dachte eher, es wär Mistral«, sagt Luce, die alte Nachbarin.

Sie hat eine hängende Schulter. Das Soda-Pulver hebt sich zwischen den Fingern weiß von ihren Wäscherinnenhänden ab. Ihr Schädel unter den spärlichen Haaren glänzt wie ein Stück Seife.

Da sitzt eine ganze Tischgesellschaft in der Küche der Maurels am Abend zum Mandelnauspulen beisammen. In der Mitte hat man einen halben Sack voll Früchte in ihren runzeligen Schalen ausgeschüttet. Manche, die die richtige Reife haben, lösen sich ganz von allein. Bei anderen muss man mit dem Messer kratzen und kommt kaum voran. Die Hände sind vom harzigen Saft verklebt. Man schmeißt die Schalen auf den Boden, wo die Haufen unter den Füßen langsam anwachsen.

Die Kinder schlafen an der Tischkante. Man hört sie kaum atmen. Die Norine oder ihre Älteste schieben ab und zu eins zurecht, das herunterzurutschen droht.

Ein Laden schlägt.

Jemand sagt: »Er wird heftiger.«

»Das ist nicht die Montagnère, das ist ganz bestimmt Mistral.«

»Die Jaume hat sich dieser Tage wohl wieder toll aufgeführt.«

»Scheint so.«

»Sie hat den César le Rouge in seiner Scheune erwischt, wo er gerade sein Korn geworfelt hat. Sie hat ihm ihre Schenkel gezeigt.«

»...«

»Das überkommt sie jeden Monat.«

»Letzten Monat hat sie bei der Beerdigung vom Dominique ein Theater gemacht.«

»Da gefiel es ihr, nackt auf dem Platz herumzuspazieren.«

Durch den Ausguss ertönt frech ein langer, heller Flötenton.

»Kann sein, dass sie den Wind nicht verträgt«, sagt der Costant. »Als ich mich in der Nähe von Aix verdingt habe, das weiß ich noch, da hörte man bei Mistral auf dem Hof die Verrückten aus dem Irrenhaus schreien. Dabei lag es nicht mal in der Richtung, aus der der Wind kam.«

Eine Böe erstarb am Rand des Plateaus. Im nächsten Moment hatte er einen anderen Ton angeschlagen. Eine dichte Folge röchelnder Japser, wie von einer blutrünstigen Meute.

Man amüsierte sich darüber, wie er tobte.

»Wer den Fuß auf ein verwünschtes Kraut setzte«, greift die Luce ein unterbrochenes Thema wieder auf, »verirrte sich im Wald.«

»Eichen, so dick, dass man sie nur mit zwei Armen umfassen konnte, sind gefällt worden«, erwidert der Moisson. »Im Wald wurde so viel ausgeholzt, die Schafe haben derart gewütet, dass man sich dort beim finstersten Wetter nicht mehr verirren kann.«

Die Luce wirft ihm vor, er würde zu viel lesen.

»Ein jeder, wie er's versteht, Gevatterin!«

Der Macime war kurz davor, an Hexerei zu glauben, so sehr verwirrte ihn die Marie. Er war nicht sicher, ob er nicht auf ein verzaubertes Kraut, ein gutes oder böses, getreten war.

Er versuchte ihren Blick festzuhalten, der ihm auswich.

In der Dunkelheit ums Haus trieb der Wind, gleich einer Woge, seine Vorhut zischender, tanzender Schlangen vor sich her.

Zehn Uhr durch, sagt man sich guten Abend und geht auseinander.

Der Costant hält beim Öffnen die Türe gut fest. Die Luce knotet straff ihr Kopftuch. Der Wind fegt hinein wie ein eisiger Gebirgsbach. Der Himmel ist klar.

»Die Lampe!«

Sie spinnt ein langes gelbes Flammengarn, ehe sie unter allgemeinem Lachen erlischt.

Während er die Tür schließt, hört der Costant, drei Schritte entfernt, Macimes Stimme, von den Böen zerpflückt und wie von weit her:

»Vielleicht wird er noch die Sterne ausblasen …«

Da es auf dem Plateau mehrere gibt, die so heißen wie sie, wird sie selten Marie Maurel genannt.

Üblicherweise sagt man Norines Marie oder die Marie vom Portal.

Ihre Augen haben die Farbe des schönen wilden Lavandins. Die Bewegung ihrer Taille, ihrer Schultern, ist wie das Wiegen einer jungen Birke im Wind, dem sie mit der geschmeidigen Kraft ihrer Lenden standhält.

Der Macime denkt, dass niemand so genau sagen kann, wie die Marie ist.

Es ist leicht, ihren Wuchs zu beschreiben, die Farbe ihrer Wangen. Aber ihr Lachen, mit weit geöffnetem Mund, dass man all ihre perfekten Zähne sehen kann. Ihr Gang. Und ihre Stimme. Ihr Ausdruck, wenn etwas sie erstaunt, amüsiert. Wie sie ihren klaren Blick umherschweifen oder auf etwas ruhen lässt, oder ihn senkt unter dem der jungen Männer. Die unbändigen krausen, glänzenden Haare, bei denen man an die Achsel denken muss. Wie sie sich hinhockt, um etwas tief im Schrank zu suchen, oder von Weitem guten Tag ruft, winkend mit erhobenem Arm. Ihr Aufschrei, wenn die Kleine in den Teller Saubohnen, die sie gerade enthülst, eine Handvoll Schalen wirft.

Und wenn sie gegen den Mistral läuft, die Haare aus der Stirn geweht, das Gesicht gespannt. Der Macime beneidet den Wind, der sich an den schönen Körper schmiegt, über dem dünnen Kleid, wie Hände, die Ton formen.

Die Norine hält sich nicht lang in den Läden auf, zeigt sich selten auf dem Platz.

Sie hat sechs kräftige Kinder bekommen und weiß nichts von den Mühen, ein schwächliches Pflänzchen großzuziehen. Die Kinder, der Haushalt, die Tiere, um die sie sich kümmert, die anstehende Ernte oder das Heu, und dann all die Wäsche und das Zeug, das geflickt werden muss, sie rackert sich ab, hat immer zu tun, findet nicht mal am Sonntagabend eine Minute, sich umzuziehen, einen Augenblick, müßig zu bleiben.

Zur Vesper geht sie nicht oft.

Wie gut, dass sie die Marie hat, die ihre rechte Hand ist und keine Arbeit scheut. Und die sich, egal worum es geht, nicht zu schade ist. Ebenso geschickt und flink beim Nähen wie beim Einweichen der großen Wäschestücke, beim Hühnerstallausmisten oder Versorgen der lammenden Mutterschafe.

Da sie die Älteste ist, hat sie nicht viel zur Schule gehen können, aber ihre Mutter hat sie zwei Jahre lang nachmittags zum Nähen geschickt.

Es heißt, der Costant und die Norine schätzen die Marie ein bisschen mehr als ihre übrigen Kinder, sie sei ihnen die Liebste.

Ihr Glückskind.

An diesem Abend sitzen wieder alle beisammen.

Die Marie macht noch rasch den Tisch sauber, wischt mit dem Lappen in der einen Hand die Krümel weg, während sie mit der anderen die Zuckerdose fortstellt. Eine Fayence-Zuckerdose aus Moustiers, die die Norine immer im Haus gesehen hat, glänzend weiß glasiert und mit blauen Bändern und Kornblumen verziert. Der Deckel ist an einer Ecke angestückelt.

Ab und zu streckt der rauchende Ofen eine zwei Spannen lange Flammenzunge heraus.

Der Wind rüttelt an Türen und Zargen.

Am Ende des Korridors hört man ihn stöhnen wie jemand, der Bauchschmerzen hat.

Der Gédéon Rougier sagt so gut wie nichts.

Er ist ein dürrer kleiner Alter mit krummem Rücken. Zur Abendrunde kommt er selten.

Es hieß, als Kind habe er einen Sonnenstich gehabt, gegen den seine Mutter ihm kalte Umschläge aufgelegt hatte, die sie in einer kurzen Sommernacht immerzu am Wasser des Brunnens erneuern lief. Die Quelle hatte mit ihren kühlen Lippen die schlimme Hitze aufgesogen. Aber er war ein bisschen so geblieben, nicht ganz wie alle anderen.

Man hatte mit der Zeit noch mehr getuschelt: Den Gédéon, der Knecht auf einer Farm gewesen war, sollte die Tochter des Dienstherren ganz verrückt gemacht haben. Eines Tages hatten die Nachbarn, die auf der Tenne Süßklee droschen, Schreie gehört. Es war der Gédéon, den man mit Heugabeln davonjagte.

Er war lange Zeit Hirte. Man munkelte damals hinter vorgehaltener Hand, er stille seine Lust bei den Schafen. So erhielt er den Beinamen Bäh.

Er verstand sich meisterlich aufs Füchsefangen und wusste obendrein noch, wie man abseits der Dörfer, zu der Zeit, da die Herden wiederkommen, auf mehreren Kilometern das

Lockmittel verteilen muss: die Reste von Schafmägen. Wie man die Schlingen legen muss, deren Köder ein mit einem Gebräu bestrichener Brotkanten ist: eine Mischung aus in Fett gerösteter Zwiebel, Honig, Stutenmist, Bittersüß und weiteren Zutaten, die nur der Gédéon kennt. Er kocht das Gebräu, liefert es den Jägern, ohne es ihnen zu verkaufen, sondern gegen eine Prämie für jeden Fang, die ein bisschen höher ist bei einem weiblichen Fell. Das der männlichen Tiere nimmt Schaden während der Kämpfe in der Brunftzeit.

Der Gédéon sammelt Reisig, wenn Eichen geschlagen werden, oder die Zweige, die man ihm auf den abgelegenen Feldern lässt, nach dem Auslichten der Mandelbäume im Frühling, ehe die Säfte steigen.

Im Mai pflückt er Thymianblüten, erntet später den wilden Lavendel und den Großen Speik, lebt mehr schlecht als recht, ernährt sich, man weiß nicht wovon, wilden Beeren, Feldkräutern, Schnecken, sucht die Wurzel der Alraune, die einem hilft, Schätze zu finden und Träume zu deuten, die Sonnenstiche heilt und vor Vipernbissen und Unglück feit.

Und seit zwanzig Jahren nun geht er mit der Wünschelrute und träumt von durch sein Geschick bewässerten und fruchtbaren Ebenen, munter plätschernden Brunnen überall, blühenden Gärten rund um die Häuser, üppigem Gemüse und, in der trockenen und steinigen Bergheide mit ihrem tristen, buckligen Ginster: hohen Pappeln, Birken und Trauerweiden inmitten saftiger Wiesen …

Die Marie ist einen Teller gekochter Birnen holen gegangen, die langstieligen, die man im Sud, der von den vorigen übrig ist, kocht.

Sie bietet immer Birnen an, wenn der Gédéon da ist, weil sie weiß, dass er nur schlecht oder gar nicht zu Abend gegessen hat.

Dem Macime ist es aufgefallen. Er steht hinter dem Ofen und wärmt sich die Hände am Rohr, das er tätschelt.

Manche sagen, er hat nicht gerade das Schießpulver erfunden oder er ist ein Hanns Guck-in-die-Luft. Wer ihn besser kennt, weiß, dass er nicht einfältiger ist als jeder andere, sondern nur zu viel an die Marie denkt.

Der junge Mann wendet den Blick nicht von den beiden ab, dem Gédéon, der abseits beim Herd sitzt, wo er ganz zusammengekauert wenig Platz einnimmt, und dem schönen Mädchen, frisch wie ein junger, gerade aufgeschossener Baum.

Ihre Zähne sind so weiß wie geschälte Mandeln.

»Nehmen Sie noch, Gédéon«, sagt sie aufmunternd. »Nehmen Sie. Die sind süß.«

Der Mistral hat aufgefrischt und bläst stärker als am Vortag. Ohne Unterlass. Wie Stöße mit dem Hobel, meint man, hastig, wütend, ein Starrsinn, die Erde bis auf die Knochen abraspeln zu wollen.

»Gehst du morgen in die Mandeln?«, fragt der Macime die Marie.

»Morgen? Da ist Michaeli. Ich will doch nicht, dass mir ein Unglück passiert.«

»Ach ja. Daran hab ich nicht gedacht.«

Wenn man sich an Sankt Michael um die Mandeln kümmert, läuft man Gefahr, vom Baum zu fallen.

Das Dorf breitet unter dem gleichförmigen Himmel die Blöße seiner rotblonden Dächer aus, lehnt sich zwischen Oliventerrassen, schmiegt sich an die vom Plateau abfallende Sonnenflanke.

Seine Füße baden in Wiesen und blühenden Obstgärten.

Es scheint mehr, als es ist, durch die Ausdehnung der am Hang liegenden Viertel.

Die alten ausgeblichenen Ziegel, die Mauern, die im Laufe der Jahreszeiten ihren Putz verloren haben, nichts an diesem Dorf, was sich nicht in den Schoß des grünen Hügels fügte. Alles hat die Farbe der Zeit, der Felsen. Und wenn die Sonne hinter den Olivenbäumen untergeht, tritt der Block ärmlicher Häuser mit schiefen Dächern klar hervor und präsentiert das prächtigste Wirrwarr goldener, rosa oder von schwarzen Schatten verhüllter Mauern.

Die Häuser, die im Dorfkern zusammengepfercht sind, verteilen sich großzügiger rundum am geschützten Hang ebenso wie oben auf der Ebene, wo ein scharfer Wind weht.

Der weite Platz liegt auf dem Plateau, mit mageren Nuss- und Ahornbäumen, die der Wind verstümmelt, der Staub angreift, die dürre Erde und die langen, regenlosen Sommer austrocknen.

An Mistraltagen ist es nicht lustig dort.

Man frisst Staub. Diejenigen, die mit dem Wind gehen und sich leicht fühlen wie Blätter, scheinen zu gleiten. Die anderen, die Köpfe gesenkt, außer Atem, dringen nur stoßweise, stockend, mit seitlichen Schritten in die dichte Masse des Windes vor.

Dreißig Schritte abseits der Straße das Portal, ein hoher Durchgang im schwarzen Überbleibsel der Befestigungsmauer, der eine blaue Gewölberippe ausschneidet. Der Mistral fährt trompetend hinein.

Auf dem ehemaligen Wehrgang, in luftiger Höhe, hat ein Feigenbaum es fertiggebracht zu wachsen, wild und üppig.

Den Spitzbogen überragt ein Wappenschild mit zwei parallelen Flöten quer darüber:

Die Leute vom Plateau werden Pfeifer genannt.

Vom Portal und vom Platz fallen die engen, gepflasterten Straßen steil zum niederen Viertel ab. Hier, ihr Reichtum: eine Quelle, verteilt auf einen von Moos dick gepolsterten Brunnen mit unentzifferbarer Jahreszahl und die Becken des Waschhauses unter den Weiden. Sie sprudelt das ganze Jahr.

Das laute Plätschern übertönt alle gewohnten Geräusche. Der Überlauf rinnt in einem Bach die Straße hinunter. Er wässert die Gärten am Rand, vor den Wiesen.

Ganz unten, am Grund der Senke, ein Flusslauf mit einer Reihe Pappeln.

Das Klima ist ganz anders als dort oben.

Die Häuser, deren Türen angelehnt sind, liegen warm und windgeschützt, mit Terrassen, Balkonen, Außentreppen aus Holz oder Stein, Kürbisranken, Oleander, Pfaffenhütchen, Spalieren blumenbepflanzter Töpfe und Tiegel. Das Glaskraut erklimmt die abgeblätterten Mauern.

Hierher kommen die Alten, um Sonne zu tanken, während der goldenen Stunden an Winternachmittagen.

Die Kinder tummeln sich am Bach.

Die meisten alten Straßen verfallen, bieten ein Bild rissiger Mauerreste, aus zwei Wänden bestehender Häuser ohne Dach, deren Stockwerke eingestürzt sind und deren Erdgeschoss nur noch ein von Brennnesseln oder einem aus Schutthaufen wachsenden Feigenbaum überwucherter Hof ist.

Fassaden ohne ihr Inneres ragen auf mit leeren Fensterhöhlen, durch die auf weiten Schwingen der Wind aus der Ferne streicht.

Manche alten Häuser sind weniger als all das: Steinhaufen, die sich hie und da aus dem Abfall erheben.

Baufällige Hütten stehen noch, die nur Luken haben und deren Mauern schwarz sind, die Dächer schimmlig und schief.

Man sieht mit Kalk geweißte und blau gestrichene Alkoven, die das Wimmern von Neugeborenen hörten, das unterdrückte Stöhnen feuriger Leidenschaft, das Röcheln langsamen Siechtums, Alkoven, einst geschützt und abgeschirmt, jetzt unter freiem Himmel und allen Winden ausgesetzt.

Von etlichen Häusern bleibt nur, in einem von Efeu umklammerten Mauerstück, die kleine archaische Tür mit ihrem Rahmen aus zerfressenem Tuffstein.

Hell auf vergilbten Trennwänden: ein Kreuz, das Rechteck eines gerahmten Porträts.

Spuren von Regalen, die Stapel ordentlich gefalteter, mit guter Lauge sauber gebleichter und nach Lavendel duftender Wäsche trugen.

Nichts lebt mehr in diesen verlassenen Vierteln, außer der Stimme des Windes.

Im oberen Viertel, angrenzend an das Haus der Maurels, liegt das vom Moisson, dem Großonkel der Norine.

Er lebt allein, halb Handwerker, halb Bauer.

Unter seinen Händen entstehen treffliche Fässer.

Am Leib trägt er, sommers wie winters, bloß eine Baumwolljacke über dem Hemd, lebt nur von Brot, Gemüse und Salat, isst kein Fleisch, hält weder Hühner noch Kaninchen, noch Tauben, pökelt kein Schwein, hütet keine Ziegen.

Er verachtet die Grausamkeit des Bauern, der in der frischen, heraufsickernden Morgendämmerung loszieht, um mit einem Sack den Hasenbau zu verschließen, während er ein flinkes, widerwärtiges, blutrünstiges Frettchen hineinschlüpfen lässt; des Jägers, der den Liebesrausch der Füchse ausnutzt, um sie hinzumartern, ein Weibchen mit geschwollenen Zitzen erschießt, den Ruf junger Fasane nachahmt, damit sie ihm antworten, aus seinem Versteck auf eine Reihe Rebhühner zielt, die er durch ein paar Körner angelockt hat; der an Tagen mit starkem Wind die Ebene durchkämmt, um dort den verängstigten Hasen zu finden, welcher Sträucher und Gehölz verlassen hat, wo die Bäume mit den Armen fuchteln, sich starr und rotblond wie ein Stein in eine Furche kauert, schutzlos vor dem Mistral, der ihm das Fell niederdrückt; der an den kalten Schattenhängen die Kaninchen überrascht, die sich den Bauch sonnen, in dem Moment, da die Sonne erlischt …

Der Mistral tönt wie eine Glocke.

Wie er leuchtet!

In der Werkstatt ist heller Tag.

Reifen in allen Größen hängen an der Wand.

In den Ecken, Haufen alter Dauben. Andere, aus heller, glatter Eiche, fix und fertig, warten darauf, zusammengefügt zu werden. Diese riechen nach frischem Holz, nach Baum.

Männer hören ihm zu, auf einer Bank und auf Klötzen sitzend.

Während er schleift, spricht er, bedächtig, die Füße in den Spänen. Der Hobel raspelt, zischt.

Manchmal lässt er von dem Brett ab, macht ein paar Schritte, bleibt stehen, den Hobel an der Hüfte, den Blick durch das helle Rechteck der Tür auf die Hochebene gerichtet, die sich zwischen blauen Grenzen verliert.

Die Marie erschien in der Tür, die Haare im Wind.

»Ich gehe zur Hütte. Brauchen Sie etwas, Onkel?«

»Nein. Oder doch, ja. Bring mir einen schön grünen Kohl für den Salat. Die, die ich in den Schuppen gelegt habe, sind weiß geworden.«

Sie ließ eine Freude zurück, die über die faltigen Gesichter irrte wie die Sonne über welkes Laub.


»Man hat die Erde kaputt gemacht, das Klima verändert. Es regnet immer weniger. Die Quellen versiegen.

Unsere Berge und diese Hochebene waren früher nicht das, was sie heute sind. Sie waren nicht ausgetrocknet, kahl wie die Rücken räudiger Tiere, sondern dicht belaubt.

Das Land ähnelt dem von früher nicht mehr als die Handfläche dem Handrücken.

Die Erde ist alt geworden. Unter ihrer gelben Haut treten die Felsen, die ihre Knochen sind, hervor.

Der Wind stürzt sich auf sie wie ein Totschläger. Er kratzt, heult mörderisch.

Was die Erde war und was sie geworden ist, das ist wie der Unterschied zwischen einer Jungfrau und derselben Frau nach neunzig Jahren.«

Ein alter Mann, dessen auf zwei Stöcke gestützte Hände heftig zitterten, pflichtete ihm mit dem Kopf wackelnd bei.

»Es stimmt, was du sagst. Wenn die Alten, die vor achtzig Jahren gestorben sind, wiederkämen ...«

Das Sprechen kostete ihn beträchtliche Mühe mit seinem zahnlosen Mund. Seine Stimme zitterte ebenso wie seine Hände.

»Wenn die Alten, die vor achtzig Jahren gestorben sind, wiederkämen, könnten sie sagen ... wie ich sie sagen hörte, als ich so war ...«

Er zeigte die Größe eines Kindes.

»Sie würden wieder sagen, dass Valvachères ... ganz in der Nähe ... hinter den Nordhängen eine Dreiviertelstunde von hier für jemand, der jung ist ... dass Valvachères die schönste Ecke des Landes war.

Im Talgrund floss das Wasser zwischen Weiden.

An den Hängen fettes Gras, mit Pflaumenbäumen.

Vielen Pflaumenbäumen ... Vielen Pflaumenbäumen ...

Drei reiche Höfe folgten am Bachlauf aufeinander.

Man zog dort schöne Färsen mit glänzendem Fell, schwarz-weiß gescheckt.

Und jetzt ...«

Der Hundertjährige hatte sich von seinem Klotz erhoben, mitgerissen von der eigenen Beredsamkeit, doch er vermochte sich nicht aufrechter zu halten als ein abgeknickter Ast.

»Und jetzt erkennt man Valvachères nicht mehr. Es ist ein Haufen Geröll, den die Flüsse ausgespien haben und die Sonne röstet ... Man unterscheidet die Kaninchenställe nicht mehr von den reichen Häusern ... Wasser gibt's dort nur an Gewittertagen. Da wachsen bloß noch Dornen, die der Auswurf der Pflanzen sind. Der Wind heult zum Verrücktwerden.

Und nicht mal Ziegen könnten dort überleben ...«

Er hatte sich wieder hingesetzt und mit beiden Händen auf seine Stöcke gestützt. Seine wackelnden Arme waren wie knotige Äste, die der Wind brechen will. Von der Anstrengung, seine prachtvolle Vision heraufzubeschwören, war er ganz außer Atem.

»Man grämt sich wegen allem«, fuhr der Moisson fort, »klagt über Nichtigkeiten. Macht aus einem Maulwurfshügel einen Berg ...

Der Wind, der über die baumlosen Flächen weht, ist wutentbrannt. Schneidend ...«

Er unterbrach sich, um den Ofen mit Mandelschalen zu stopfen.

Plötzlich ein rasches, helles Läuten, das sofort wieder verstummt: Im Kirchturm hat der Wind im Vorbeiwehen die Glocke angestoßen.

»Unser Plateau ist allen Winden preisgegeben.

Und so wird die Natur hier mehr zerstört als an anderen Orten.

Hier hat es immer mehr Frauen gegeben als anderswo, die im kritischen Alter den Verstand verlieren, die sich zu ihren Zeiten herumtreiben und sich aufführen.

Das ist der Wind.«

Der Macime geht hinaus. Ihm ist eingefallen, dass die Marie jeden Moment wiederkommen muss. ›Ich gehe zur Hütte. Brauchen Sie etwas, Onkel? ...‹ Die Stimme klingt ihm in den Ohren, lieblicher als Blätter, die im frischen Wind rascheln.

Er läuft über den großen Zeh.

»Man hätte sich schützen können«, sprach der Moisson weiter, »indem man übers Plateau, bei La Coulette, da wo sich das

Gelände ein wenig aufwirft, zwei oder drei Reihen großer Pinien gepflanzt hätte.

Man macht nichts Vernünftiges.«

Der Topf auf dem Ofen zischte.

»Ich hab weiße Bohnen gekocht.«

Er nahm ein paar mit dem Schaumlöffel heraus. Sie waren aufgeplatzt, die Haut abgelöst, aufgequollen in der Brühe.

»Jetzt noch den Kürbis dazu.«

Er lag fertig in große Stücke geschnitten auf einem Tonteller.

»Der Baum stellt sich dem Wind entgegen wie ein Kämpfer.

Wie Arme bremsen die dicken Äste seine Raserei. Das Wüten verwandelt sich in Rohr- und Flötenklänge.

Der Wind teilt sich in den Bäumen. Er verliert sich darin, zerrinnt zu Musik, wird zur Brise.

Oder zum raschelnden Aufflattern der Tauben.

In den Pinien singt er tief wie eine schöne Orgel.

In den großen Eichen rauscht er wie ein Gebirgsbach.«

Schöner Morgen.

Die Ferne ertrinkt im Himmel. Er rinnt in die Senken, überschwemmt die kahlen Felsschluchten. Rändern gleich, umfassen die Hügel die azurblauen Wogen. Der blaue Dunst lässt die Klippen weniger schroff, das Laub dichter erscheinen, erfrischt das ausgedorrte Land, verbirgt und benetzt die hässlichen Ruinen der Nordhänge, die Furchen abgerutschter Erde, die wie die Falten auf dem Körper einer alten Frau sind.

Die Norine ist bei der schönen Sonne waschen gegangen.

Die Marie hat die Kinder zur Schule geschickt, ehe sie die Suppe aufgesetzt hat.

Weil ihr etwas Grün fehlte, geht sie welches holen, wobei sie vor dem Haus, vorbei am Misthaufen und dem Kaninchenstall, den schlechten, von stacheligem Schwarzdorn gesäumten Weg nimmt.

Es kommt ihr vor, als sähe sie die ganze Welt, als nähme der Himmel dort hinten seinen Anfang.

Zu ihrem Garten gehören zwei schützende Mauern im Norden und im Westen. Ein Zaun umschließt den Rest.

Im Winkel zwischen den beiden Mauern eine Hütte mit einem einzigen Raum. Neben der Schwelle ein Lorbeer, und an der Ecke wird man von einer Zypresse mit windzerzauster Spitze empfangen.

Die Marie geht hinein, um eine Hacke zu holen. Drin hängen Knoblauch- und Zwiebelzöpfe. Auf den Regalen Getreidesäcke.

Die Wanddekoration fällt ins Auge. Ein Schäfer, an den man sich auf dem Plateau noch erinnert, der im Malen sehr bewandert war, wie es hieß, und dem der Sinn danach stand, hatte so ziemlich alle Hütten der Gegend bemalt: gegenüber dem Kamin eine Windmühle auf einem grasbewachsenen Hügel. Der Müller, jung und lächelnd, in kurzen Hosen mit Knöpfen, streckt seiner Liebsten die Arme entgegen.

Ein grüner Teich mit großen Seerosen. Margeriten auf einer Wiese. Flatternde Tauben. Den Rahmen bilden Rosengirlanden vor goldener und silberner Abenddämmerung. Verliebte Vöglein schnäbeln miteinander.

Es stimmt schon, der Himmel verzieht keine Miene. Das Wasser des Sees ist wie gefroren.

Die Margeriten auf der Wiese sind größer als die Tauben. Diese im Flug erstarrt.

Die Marie reißt eine Selleriestange und einen Salat aus, dessen Wurzeln sie abschneidet, klopft die gröbste Erde mit dem Messer ab.

Die Beete sind von Nelken eingefasst. An der Mauer, in einem dicken Krug, eine rote Geranie und, in gesprungenen Tontöpfen, löchrigen Kesseln, alten, rostzerfressenen Eimern: Goldlack, Fetthennen mit fleischigen Blättern, die über den Rand der alten Tiegel hängen, steife Kakteen. Die Chrysanthemen sind die schönste Zierde des Gartens.

Als sie sich in der blauen Frische mit leichtem, zügigem Schritt auf den Rückweg macht, sieht sie nicht weit entfernt den Macime, der, gefolgt von seinem Hund, zur Jagd geht.

Ohne Eile und ohne sich umzuwenden, als bemerke sie ihn nicht, nimmt Marie die Abkürzung.

Die Luft fühlt sich samtig an.

Schwärme von Tauben, weiße, graue, milchkaffeefarbene, die auf den Feldern picken, fliegen vor ihr auf mit einem Geräusch wie von einem Wagenrad.

Die späten Oktobertage waren schön.

Der Mistral trieb es nicht mehr so toll. Nach Regen zu Beginn des Monats hatte man gepflügt. An den fetten, glatten Schollen schien der Glanz der Pflugschar zu haften.

Jeden Nachmittag ging Marie zur Nachlese.

War das Geschirr weggeräumt, der Laden zugezogen, setzte sich die Mutter mit ihrer Näharbeit vor der Tür in die Sonne, wo andere Frauen sich zu ihr gesellten.

Die Marie nahm einen zusammengerollten Sack mit und die Stange aus Tannenholz, die sie lieber mag, weil sie wärmer und leichter ist als die aus Ulmenholz.

Sie vertrödelte keine Zeit bei den Frauen.

Der Blick der Alten folgte ihr, gefesselt von ihrer Anmut. Jene, die keine oder schon reifere Töchter hatten, sagten etwas Freundliches, die anderen sagten nichts, anscheinend ganz vertieft in ihr Flickzeug oder das Zählen der Maschen ihrer Strümpfe.

Ihre gestrige Ausbeute waren zwei Kilo. Die Mutter lässt ihr das Geld, das sie verdient.

Sie hat vor, das beigefarbene Kleid und den silbern glänzenden Metallgürtel zu kaufen, die sie so gerne hätte. Wenn das Wetter nicht kippt und ihr erlaubt, noch ein paar Tage zu sammeln, kann sie sich vielleicht auch die lange Halskette aus geschliffenen Glasperlen leisten …

Auf manchen Äckern säen sie Korn aus, mit einer Geste, die schon die Ernte enthält. Man hat Dünger über die Furchen gestreut, ein graues Pulver, wie Asche.

Die Bäume haben noch all ihr Laub. Der Mandelbaum täuscht über die Jahreszeit. Die Krallen des Windes zerren lange vergeblich an ihm.

Die Felder sind voll von diesen schwarzen, stämmigen Kämpfern, die starken, angewinkelten Arme erhoben und wie zur Schlacht bereit. Auf dem schutzlosen Plateau hat das Ringen mit dem Wind den Bäumen dieses breite Kreuz, dieses wackere Aussehen verliehen.

Eine Elster, schwarz-weißes Email, wetzt ihren dicken Schnabel an einem Ast und fliegt mit scheckerndem Ruf davon. Ein paar andere, die Maries Tun genau verfolgen, hocken sich ganz oben in die Bäume, ins Blaue. Um so, an die geraden Zweige geklammert, das Gleichgewicht zu halten, heben und senken sie immerzu ruckartig die langen Schwänze. Sie sind nicht besonders beliebt, diese Verwandten der Raben, die zarte Mandeln und Singvögel rauben, die Kehle lebender Täubchen aufpicken, um das Korn daraus zu fressen.

Es gibt wenige vergessene Mandeln an den Bäumen und darunter, nur hier und da eine.

Sie legt den geöffneten Sack auf den Boden, geht eine Reihe entlang, wirft eine Handvoll Mandeln hinein, die, von der trockenen Hülse befreit, fröhlich aneinanderklackern.

Ihrem suchenden Blick entgeht nichts. Trotzdem wird ihr Sack nicht so bald schwer. Beim Durchqueren der Felder, die noch nicht abgeerntet wurden, verlockt sie der ganze Reichtum an den Zweigen, wo die Kerne, golden im Abendlicht, dicht an dicht hängen.

Die Sonne wurde dicker, rot, und verlor dabei an Kraft.

Marie setzte sich, an einen alten, zu drei Vierteln abgestorbenen Mandelbaum gelehnt, dessen noch lebende Zweige aber voller Früchte hängen, einer jener Bäume, aus dessen Stamm der Wind eine gewundene Säule gedrechselt hat. Unten an den dicken Ästen sieht man riesig, monströs, die Knoten der Veredelung.

Die Sucherin ruht sich gern ein wenig aus. Sie denkt an die Nachmittage, die sie zum Nähen bei der kränklichen Marguerite Figuière war mit ihren entzündeten Bronchien und Nasenhöhlen, die Stimme belegt von rasselndem Schleim, die partout nie ein Fenster öffnen wollte, die wütend geworden wäre, wenn man sie gefragt hätte, ob sie nicht eine halbe Stunde auf der Türschwelle arbeiten könnten. Es roch schlecht bei der alten Jungfer. Und Marie trinkt genüsslich die gute Luft der weiten Ebene.

Ein flüssiger, blauer Dunst benetzt den Hügel. Der Himmel hängt über der Erde, stromert durch die Felder, streift sacht den Steinhaufen, färbt die Baumkronen blau, frischt den Schatten der Zwergeichen auf. Er zerrinnt, destilliert, verliert sich schließlich ganz in diesem Feigengestrüpp.

Ein Lufthauch legt sich flatternd auf Maries Gesicht, ihre bloßen Arme, wie ein kühles Laken. Unter den Achseln spürt sie den Wind, der durch den weiten Ausschnitt der kurzen Ärmel streicht.

Plötzlich verschwimmt ihr Blick.

Die Sonne umschließt einen ganzen Mandelbaum. Als die große Kugel hinabgeglitten ist, steht der Himmel noch immer in Flammen. Hügel und Wolken verschmelzen, sehen aus wie das Meer. Denn sie kennt das Meer, wo weiße Schaumperlen über die Wellen rennen und springen. Sie hat es in Marseille gesehen, bei der Hochzeit von Cousine Thérèse. Sie erinnert sich an weiße Boote mit blitzenden Kupferbeschlägen, Vorhängen aus heller Seide, glänzenden Lederdivanen …

Die Marie hat den groben Sack zu ihren Füßen, die kümmerliche Mandelernte aus den Augen verloren. Sie ist aufgebrochen in einen weiten runden Meerbusen mit Inseln, Archipelen, Buchten, Klippen. Eine dünne Tunika aus weißer Wolle, in der Taille gerafft von einem silbernen Gürtel, verhüllt sie kaum. Ihre

Fesseln sind bloß. Schwere Armreife hängen an ihren Handgelenken. Sie legt an in einem Land mit Rosenbüschen, so hoch wie Mandelbäume, von denen Blütenlawinen herabstürzen. In einem Palast findet sie Schätze wieder, Schmuck, himmelfarbenes, mit Kornblumen verziertes Moustiers-Geschirr. Eine Halskette aus geschliffenen Glasperlen, die bestimmt zweimal herumgeht, liegt dort auf einer Kommode. Ein Mann erwartet sie, der keinem der jungen Männer ähnelt, die sie kennt und die sie am Sonntag oder beim Tanzabend mit glänzenden Augen anstarren. Dieser hier strahlt eine Sinnlichkeit aus, die sie überwältigt. Sie schenkt ihm die Blume ihrer Lippen und ihren frischen, nackten Körper, sprudelnd, wie eine Quelle …

Der Wind hat sich im Westen erhoben.

Er rieselt durch die Mandelbäume, plätschert im Laub.

Das junge Mädchen spürt die Abendfeuchte. Sie erhebt sich, nimmt den Sack zu ihren Füßen, geht Richtung Dorf.

Auf dem Plateau, über dem es Nacht wird, glänzt noch hier und da, unter den Dächern der Hütten, ein Widerschein an den glasierten Einfassungen der Taubenschläge.

Die Jaume trieb es noch toller.

Ihre Mutter folgt ihr mit ein paar Schritten Abstand überall hin.

Die Luce, die mit ihr verwandt ist, weint.

»Wenn man die beiden trifft«, sagt sie, »die Tochter in ihrem Wahnsinn, die Mutter, die aussieht, als wäre sie ans Kreuz geschlagen, dann wagt man nicht, mit ihnen zu sprechen.«

»Du brauchst nur das Gesicht der Mutter zu sehen. Da bleiben dir die aufmunternden Worte im Hals stecken.«

»Man wendet sich ab.«

Am nächsten Tag, in aller Frühe, kam man schließlich den Costant holen. Es ging darum, sie mit vier Männern, die sie hielten, ins Hospiz in Digne zu bringen, von wo sie nach Mont-de-Vergues geschickt werden soll.

Seit drei Tagen ist sie nun in ein Zimmer gesperrt. Man überwacht sie durch eine kleine Luke. Sie beißt jeden, der sich nähert, hat sich alle Kleider vom Leib gerissen, ist splitterfasernackt.

»Wenn du sie sehen könntest«, erklärt die Luce der Norine, »sie hat sich besudelt, sie hat ihre Regel. Was ist nur aus ihr geworden, o je, o je!«

»Eine Mutter von fünf Kindern!«

»So etwas dürfte nicht sein.«

»Grundgütiger!«

»…«

»Sachen gibt's auf der Welt.«

»Die gibt's gar nicht.«

Der Abend bricht schnell herein wie eine Enttäuschung.

Sie zögern den Moment hinaus, da sie die Lampe anzünden, gewohnt, mit dem Petroleum sparsam umzugehen. Sie sagen: »Genug genäht für heute«, oder: »Jetzt ist Schluss.«

Über dem Spülstein tropft die Dickmilch. Das an den Ecken zusammengeknotete und an einem Nagel aufgehängte weiße Mulltuch ist prall wie ein Ziegeneuter.

Der Weizen und die Linsen der Heiligen Barbara in den Untertassen auf dem Kamin sind gut gesprosst. Der Weizen ist glatt und blass. Die grüneren Linsen kräuseln sich.

Die Luce, die eine Masche hat fallen lassen, geht zum Fenster, um sie wieder aufzufangen.

Die Katze nimmt ihr den Platz weg.

Um den Ofen röten sich die Gesichter.


Der Costant kommt zurück und bringt den Duft und den guten Geschmack der frischen Luft mit.

Er war nach dem Essen ins Gehölz gegangen, um einen Sack Lavendelpflanzen zu holen, die er umsetzen wird.

»Hier ist es zu warm! Es riecht …«

Er fügt hinzu:

»Im Wald ist es herrlich.«

Die Norine putzt den Docht. Er hat sich an den Tisch gesetzt und die Fine hergewunken, die sich zwischen seine Knie schmiegt, um zuzuhören. Sie ist drei Jahre alt, kräftig, fest wie eine junge Mandel.

»Ich habe ihn gesehen.«

»Wen?«

»Den Keiler. Nicht weit weg. Da drüben. Er ging unter den Eichen hindurch. So groß war er.«

»Wenn du das Gewehr gehabt hättest …«

»Dann hätte ich ihm die Lust auf Eicheln ausgetrieben!«

Die Linsensuppe sprudelt, kocht über. Was herausschwappt, springt und rollt über die Platte wie Erbsen. Es riecht verbrannt.

Die Marie schiebt den Topf zur Seite, legt die Ofenringe wieder ein.

»Ich war am Sonnenhang«, sagt der Costant. »Die Oliven sind reif. Ihr könntet mit der Ernte beginnen.«

»Vor allem, weil man dem Wetter nicht trauen darf. Es könnte umschlagen.«

»Eines Morgens wacht man auf, und es liegt Schnee.«

Die Norine dachte im letzten Moment daran, noch ein Scheit in den Ofen zu legen, damit er nicht ausging, einen dicken Eichenklotz. Denn es tat ihr leid um die Suppe, die sie nicht gern dem Costant anvertraute.

»Los, Mama!«, sagte die Marie. »Du wirst nie fertig.«

Es ist erst neun Uhr.

Auf dem Plateau ist kein Wind zu spüren, aber die Luft ist kühl, auch wenn die Sonne strahlt.

Leichte Nebelschwaden treiben unten im Licht, milchig, schimmernd. Mit sanft wiegenden Hüften steigen die verliebten Göttinnen zur Sonne hinauf. Die Hügel, in drei Reihen, sind hellsilbern, blaulila, und der Himmel aus hellem Silber, mit einem Schleier aus Sternenstaub.

Die Luft auf dem Weg ist von Firmament durchtränkt.

Ein blauer Schleier liegt über dem Schattenhang, verbirgt das Elend der herabrinnenden Ruinen, der mageren Ginsterbüsche.

»Das ist ein schöner Morgen«, sagte die Marie.

Sie eilten zu ihren Olivenbäumen, nicht weit vom Dorf, am geschützten Hang mit seinen alten, nach Osten gerichteten Terrassen.

Sie hatten einen steilen Weg eingeschlagen, holprig wie ein Bachbett: die Fontes-Rouges. Früher gab es hier viel Wein. Davon ist kaum etwas geblieben.

Je tiefer sie kamen, desto wärmer wurde es.

»Die Sonne tut gut!«

»Hier ist es angenehmer als oben!«

Sie waren auf ihrem Grundstück, schlechtes, abschüssiges Gelände mit blasser Erde, auf dem gut hundert Ölbäume standen.

Es sind starke kleine, gedrungene Bäume und alt, uralt. Die schwarzen Stämme sind krumm, rissig. Die harten, höckrigen und miteinander verwachsenen Wurzeln strotzen vor Lebenswillen.

Sie sehen aus wie missgestalte Zwerge, die unter dem silbern glänzenden Blattwerk gestikulieren.

Manche scheinen weniger alt. Weil die Erde, die den Hang herunterrutscht, ihre gewaltigen, ausgestellten Stämme bedeckt.

Die Frauen waren in zwei benachbarte Bäume gestiegen, die Schulterbeutel umgehängt. Die Luft wurde wärmer.

Die Oliven waren schwarz, gesund, mit einem weißen Belag, der unter den Fingern verschwand und die glatte, glänzende Haut der Früchte enthüllte.

Wenn die Beutel am Hals schwer wurden, schütteten sie ihren Inhalt in den Korb.

»Das ist wirklich ein schöner Tag«, wiederholte die Marie und begann zu singen.

Sie hatten die Beutel zwei Mal ausgeleert.

Der Himmel floss über vor Freude.

»Wenn nur dein Vater das Feuer nicht hat ausgehen lassen!«, sagte die Norine.

Sie fand, dass der Schatten der Olivenbäume recht kurz geworden war. Die Hand schützend über die Augen gelegt, überprüfte sie die Uhrzeit, indem sie die Barre-Bouge betrachtete, einen nach Süden gerichteten langen Felsen am Berghang. Die Barre-Rouge ist die Sonnenuhr ihres Dorfes.

»Ehe wir daheim sind, ist es Mittag. Gehen wir.«

»Wir kommen heute Abend zeitig wieder.«

Den gefüllten Korb am Arm, kehren sie ins Dorf zurück.

Es ist warm wie im Mai.

Hinter dem Ofen in der Küche wurde, wie die andern zuvor, der letzte Sack Oliven abgestellt.

Man ließ sie vierzehn Tage dort in der Wärme vollends reifen, um sie dann wie jedes Jahr zur Mühle nach Valsol zu bringen.

Die beiden Frauen haben sich ans Stopfen gemacht.

Das Wetter wird plötzlich milder, da sich der Südwind erhoben hat, angenehm.

Die Luce kommt mit vorsichtigen Trippelschritten.

Ihre Schuhe sind an den kleinen Zehen aufgeschnitten.

»Meine Hühneraugen zwicken mich«, sagt sie. »Das Wetter wird umschlagen. Im *Écho* vom Pfarrer sagen sie starken Regen und Sturm voraus.«

Sie fügt hinzu:

»Marie, würdest du mir wohl helfen, meine Oliven zu ernten?«

Ihr Stück Land liegt neben dem der Maurels, nur durch die Stützmauer der Terrasse von ihm getrennt.

Am engen Horizont, unter einem schweren, schmutzigen, tief hängenden Himmel, beginnt der Wind stärker zu blasen. Oben eilen Wolken, gedrängt und wie aufeinander reitend. Manche baumeln gleich schlaffen Lumpen, die der Wind zerreißt.

Rabenschwärme schaukeln im Sturm, von den Böen hin und her geworfen. Ihr raues Krächzen geht im Orkan unter.

Die Luft fühlt sich an wie laues Wasser.

»Was für ein unseliges Wetter«, sagt die Marie, die in einem Olivenbaum sitzt.

»Das erinnert mich an Raymond Vigne, der sich in unserem Becken ertränkt hat, weißt du. Da war so ein Wetter wie heute.«

»Was hat ihn denn überkommen, sich einfach so umzubringen?«

»Das lag in der Familie. Sein Vater und sein Großvater haben sich aufgehängt. Um die vierzig fing es an, mit ihm bergab zu gehen. Man sah ihn abmagern und immerzu grübeln und behielt ihn im Auge, aus Angst, er könnte eine Dummheit begehen. Er ging nicht mehr unter Leute, beklagte sich bei seiner Frau, dass er nicht schlafen konnte, dass eine Angst ihn weckte wie ein Fausthieb auf die Brust, sobald er eingeschlafen war. Er bildete sich Sachen ein, die ganze Nacht verfolgten ihn Schreckgespenster, und er litt unter Kopfschmerzen, ein Ticken wie von einer Uhr, sagte er. Er quälte sich und hat sich schließlich ertränkt, als keiner damit rechnete.«

Leiser und zur Marie gebeugt sagt sie:

»Im Grunde war da vielleicht jemand, der ihn mit einem Bann belegt hatte, der ihm übelwollte.«

Sie fügt hinzu:

»Drei haben sich ertränkt in unserem Becken.«

Der Baum, den die Marie aberntet, befindet sich direkt darüber. Es ist ein rechteckiges Reservoir aus Beton, acht Meter lang und sechs breit, gespeist von reichlich Quellwasser, das mit lautem Plätschern aus einem steinernen Rohr fließt. Am Grund eine Schicht Pflanzen: Moos, Kresse. Kurze, hell-goldene Fische schnellen durchs klare Wasser, blitzen auf wie Funken. Geschmeidig, wiegend, steigen wasserfarbene Schlangen zum Atmen an die Oberfläche, das Maul weit aufgerissen, die Augen von Sonne getränkt.

Eine der beiden langen Mauern überragt den Wasserspiegel um mindestens zwei Meter.

Die Marie betrachtet diese hohe, glatte Wand mit Schaudern und denkt dabei an die Worte der Luce:

Drei haben sich ertränkt in unserem Becken.


Das Wetter schien nicht zu wissen, was es wollte: Der Wind drehte sich. Der Weiße Levante kam genau von Osten, blies weniger stark auf den grünen Schopf der Olivenbäume, trieb hohe, helle Wolken vor sich her und ließ im Meer des Himmels nur blendend weiße Inseln übrig, die aussahen wie schwimmende, schneebedeckte Gebirge mit ihren Zinnen und Schatten und runden Konturen.

Die Luce schaute in die Luft.

»Sieht so aus, als würde es aufklaren da oben. Das ist der Weiße Levante.«

»Vielleicht gibt es keinen Regen.«

Schwärme von Tauben, Elstern flogen in ihre Nähe.

»Die Elstern wechseln das Revier.«

»Dann bleibt es schlecht!«

Die Frauen wollten gerade die letzten Oliven hereinbringen, da kam das Unwetter.

Ein dichter Haufen schwarzer, kompakter, sich gegenseitig vorandrängender Wolken schien direkt aus den Tiefen der Erde hervorzuquellen.

Langsam stieg es zwischen den Hügeln hinauf, schwoll an, nahm zu, rollte schwer über die runden Kuppen wie Bleimassen.

»Sieh mal, was sich da unten ranschiebt, wenn das nicht garstig ist«, sagte die Luce.

»Der Hügel ist schwarz.«

»Es kommt. In Riez regnet es schon.«

»Dieses Mal aber wirklich!«

Es goss wie aus Kübeln.

Der Regen prasselte, trommelte wie Dreschflegel auf die Häuser, troff zornig von den Scheiben.

Der Wind versuchte die Läden abzureißen.

Die Norine hockte am Boden und wischte das Wasser auf, das durch die Fensterritzen hereinlief und unter dem Tisch eine Pfütze gebildet hatte.

Der Wind stieß weiter mit zusammengepressten Zähnen seinen langen gequälten Schrei aus, den das Klatschen der Wasserladungen wie Ohrfeigen unterbrach.

»Verstehe einer diesen Levante!«

»Er ist schlimmer als der Mistral.«

»Ja«, bestätigte die Norine seufzend, »und er wird stärker!«

Sie seufzten alle, wie verlorene Seelen.

Die Marie und die Luce, die sich am Ofen trockneten, weil das Unwetter sie auf dem Heimweg erwischt hatte, sagten gleichzeitig:

»Zum Glück sind wir mit den Oliven fertig geworden!«

Der Costant kommt in Sonntagskleidern aus dem Schlafzimmer. Er ist ohne einen trockenen Faden am Leib vom Feld zurückgekehrt und musste sich umziehen.

Der Wind übertönt die Worte.

Obwohl es erst zwei Uhr ist, verrammeln sie die Läden und machen Licht. Mit der Kerze, denn die Marie stellt fest, dass die Lampe trocken ist, die Petroleumflasche leer.

Der Atem des Hauses zieht den kleinen leichten Körper der Flamme lang, beugt ihn und drückt ihn nieder.

Das Haus ist noch immer voller Windgeräusche: In der Stiege, der Küche, der oberen Etage rufen und antworten sich die Stimmen mit ihrem unterschiedlichen Timbre, ihren verschiedenen Klagen.

Es ist, als strömten unsichtbare Gestalten zusammen mit Schluchzern, Ächzen, langen, unterdrückten Schreien, Seufzern; als strömten sie zusammen und umklammerten einander in einer verschlungenen Schmerzensgruppe.

»Dieser Wind!«

»Man könnt' grad meinen, es wäre ein Toter im Haus …«

Der Schnee der Alpen glitzert unter einer schwachen Sonne. Die Hochtäler sind voll lavendelblauer Schatten.

Costant spannt den Schwarzen vor den Wagen.

Während er das Geschirr festzurrt, hört er nicht auf, leise mit ihm zu sprechen. Die Fine streckt sich, um die warmen, zarten Nüstern zu berühren, aus denen in regelmäßigen Abständen der heiße Atem quillt.

Die Augen des Schwarzen reden, fließen über vor Sanftheit. Er ist sechs Jahre alt und hat einen weißen Stern mitten auf der Stirn.

Die Marie hilft, die Säcke mit Oliven aufzuladen.

Sie hat sich neben ihren Vater gesetzt, vorn auf den Wagen.

Das Korn gedeiht, glänzt in den Furchen. Der Wein mit seinen nackten schwarzen Stümpfen auf den Feldern wirkt wie verkohlt.

In die kristallklare Luft über den Kronen recken die Mandelbäume ihre dichte Schar gerader junger Triebe, rötlich, prall vor dicken Knospen, die bereit sind, aufzubrechen.

Den Kopf eingezogen, zündete sich der Costant in der Jacke seine Pfeife an.

»Das Wetter ist zu mild«, sagte er.

Sie kommen in ein Gehölz von Eichen, die voll schrumpeliger Blätter hängen.

Die Nasen weiden sich am Geruch des ursprünglichen Waldes, der wahren Erde, die weder Düngemittel noch Mist gesehen hat.

Sie erinnern sich, dass es hier vor zwei Jahren, Anfang Oktober, von Kaiserlingen wimmelte. Man sammelte ganze Säcke voll. Der Onkel Moisson, die Marie und ihr kleiner Bruder waren an einem Nachmittag hergekommen, um welche zu suchen. Das Laub der Eichen begann sich in warmem Gelb zu färben.

Der Bruder und die Schwester waren wie junge Zicklein am Waldrand herumgesprungen. Sie riefen einander zu, schrien, wenn sie von Weitem am Fuß eines alten Baumstumpfs, zwischen fettem, duftendem Humus und fauligen Blättern die orangegelben Pilze entdeckten, eng aneinander gedrängt wie lauter Küken in einem Nest. Sie nahmen nur die, die in der Nacht herausgekommen und noch eiförmig waren, aber schon eine ordentliche Größe hatten. Sie zerstachen die weiße Haut, die sie umschloss, und aus dem breiten Schlitz schaute der goldene Kopf heraus.

Hier herrschen die Zwergeichen vor, die keine Eicheln tragen. Es gibt vor allem Schösslinge, die sich immer paarweise um einen gefällten Stamm anordnen oder etwas entfernt aus den Wurzeln treiben. Große Flächen sind nur von kriechendem, krummem Eichengestrüpp bedeckt, eine Beleidigung seiner Vorfahren. Hier und da hat einer von jenen überlebt, aus einer Eichel entsprossen und Eicheln tragend, mächtig, rauschend, Schatten spendend unter seinen Zweigen, riesig wie eine Kathedrale.

Diese Eichen sind Festungen im Wind.

Die Straße steigt an, und die Luft wird frisch. Sie haben La Viste erreicht. Der Horizont dehnt seine blassen Grenzen aus.

Stellenweise erkennt man an der frisch aufgeworfenen roten Erde, den Reihen von Eichen, dass es hier Trüffeln gibt.

Sie entdecken den Macime, dessen Sau wühlt.

Weil die Marie sehen möchte, wie man das macht, lässt der Costant das Pferd anhalten.

Der Sammler hat einen Schulterbeutel umhängen: eine Tasche für die Eicheln, die andere für die Trüffeln.

Er ist von der Marie wie gebannt, als sähe er sie zum ersten Mal. Zwischen seinen Rippen tobt ein Orkan mit schweren Böen. Er ist bleich und bekommt kaum Luft.

Sie trägt kein Kopftuch. Ihre krausen Haare, in denen der Wind tanzt, leuchten.

»Ach, du willst sehen, wie man die Trüffeln sticht? Das ist einfach.«

Er hält seine Sau an der Leine, die in einer Schlinge um ihren Hals liegt. Das Tier hat einen langen, auffälligen Rüssel. Es schnüffelt mit vorgereckter Nase, wittert, hält am Fuß einer Eiche inne, erschnuppert die Stelle, markiert sie, indem es mit der Schnauze einen Winkel zeichnet. Er schiebt es beiseite, wirft ihm drei Eicheln zu fressen hin. Mit dem Abstechstahl dringt er an der Spitze des markierten Winkels langsam in die Erde ein, drückt den Stiel herunter und löst so einen großen Klumpen, der aufbricht: eine dicke Trüffel kommt zum Vorschein, schön mattschwarz, mit körniger Oberfläche, duftend in ihrer Hülle aus gelbem Lehm.

Sie fahren im flotten Trab des Pferdes weiter, befinden sich bald inmitten ausgedehnter Ländereien:

Felder aus einem einzigen Guss roter Erde, wie eine riesige, sanfte Woge, mit Furchen von einem Kilometer oder länger. Die Abwesenheit von Mandelbäumen lässt die Ebene nackt und größer erscheinen.

Ab und zu, in gewissen Abständen, die gebrannten Dächer eines Bauernhofs. Die Marie denkt, dass sie nicht gern in so einem Haus irgendwo im Wald oder inmitten der Felder, deren Ende man nicht sieht, leben würde.

Im selben Moment sagt sich der Macime, allein mit seiner Sau, dass er gut und gerne auf einer armen, einsamen Farm leben könnte, ohne teure Maschinen oder Dünger, ohne reiche Trüffelgründe, wenn nur die Marie bei ihm wäre, mit ihrem Lachen, das funkelt wie schönes Moustiers-Geschirr.

Zwei Krähenschwärme, die die Reinheit des Tages beflecken, fliegen in Schussweite über ihre Köpfe hinweg und entfernen sich mit Schreien, die wie das Zerreißen von Stoff klingen.

»Der Winter hat das letzte Wort noch nicht gesprochen«, murmelt der Costant. »Das dicke Ende kommt noch. Die Krähen verheißen vielleicht schlechtes Wetter.«

»Oder vielleicht Unglück«, sagt die Marie und lächelt.

Die ersten Häuser des Marktfleckens erscheinen, weiß, in Stufen nach Süden ausgerichtet.

»Ist hier die Mühle?«

»Ja, hier.«

Zu Füßen des Sonnenhangs, am Ende des Weges, etwa zweihundert Meter hinter dem Ort, erinnern zwei Pfeiler aus verwittertem Tuffstein noch an das ehemalige Portal eines reichen Gutes. Eine kurze Allee großer Platanen mit knotigen Stämmen führt nicht zu einem Schloss, sondern zu einem Gehöft, dessen Komplex niedriger Gebäude man sieht.

Das scheint ein anständiger Hof zu sein, gut bestückt und gepflegt. Darüber erheben sich terrassierte Olivenanpflanzungen. Auf dem Grat eine Reihe Schirmpinien. Wo könnte man besser vor dem Mistral geschützt sein als hier? Wenn er sich auf der Ebene ausgetobt hat, dürfte von den Pinien dort oben nur noch süßer Orgelklang zu hören sein.

Neben dem Portal bezeugt eine Zypresse, so schlank, hoch und spitz, als wäre sie mit dem Messer ausgeschnitten, wie angenehm hier die Luft, wie freundlich dieser Ort ist.

Schön, so eine Zypresse an einem geschützten Platz, denkt die Marie.

Verschlungene Weinranken umgeben die kleinen Fenster des ersten Stockwerks, die weit auf den hellen Sonnenschein geöffnet sind. Neben dem Schweinestall ein dicker, glänzender Spindelstrauch voller Beeren.

Aus dichtem Efeu plätschert laut ein Brunnen. Das triefende Moos ist bis zum steinernen Gesicht des Wasserspeiers hochgeklettert, doch man sieht noch das Lachen in den schmalen Augen über den aufgeblasenen Wangen.

Blendend weiße Wäsche liegt zum Einweichen in großen Kübeln.

Auf einem Stein sitzt ein hübsches Mädchen, goldgelb wie eine süße Frucht, und schält weiße Melonen zum Einkochen. Mit der Messerspitze lässt sie die schwarzen, im Fleisch vergrabenen Kerne herausspringen, die die Hühner aufpicken.

Der Roure, der Müllersknecht, den die Marie noch nie gesehen hat, hilft die Säcke abladen. Er macht es mühelos, als wären sie aus Stroh. Sie erwidert zerstreut seinen Gruß, sosehr ist sie damit beschäftigt, sich in dem großen Schuppen umzusehen, den sie betreten haben: Es riecht nach Öl. Auf der Erde, in den Ecken, Haufen von Olivenrester. Man rutscht auf dem fettigen Boden. Es ist finster. Sie erkennt die Mühle ganz hinten erst, als ihre Augen sich an die Dunkelheit gewöhnt haben.

Die zerquetschten Oliven fallen in den Trog. Zwei Männer füllen die Matten, schichten sie unter die Presse, begießen sie mit warmem Wasser und setzen dann die Schraubstange in Bewegung. Das Öl rinnt in den Bottich.

Maurel unterhält sich mit dem Roure, dessen Stimme die Marie aus ihrer Versunkenheit reißt.

Man meint, wenn man ihren Klang hört, dieser Mann wäre nicht nur aus Fleisch und Blut, sondern auch aus Bronze und Kupfer gemacht. Seine Stimme tönt wie eine Glocke, dringt durch Mauern.

Sie musterte den Knecht, der lebhaft ist und braungebrannt, ganz Muskeln und Kraft. Seine Augen sind ebenso rege wie die vollen Lippen. Er spricht selbstsicher. Der neugierige Blick des jungen Mädchens macht ihn nicht verlegen. Er sieht sie an. Auf seiner Latzhose große schwarze, ölige Flecken.

Maries Blick wird von seinem hinweggefegt wie ein winziges Ding vom Wind …

Ihr war seltsam zumute auf dem Rückweg.

Alles hier schien ihr schöner als bei ihnen: die prächtigeren Läden, die Brunnen, die breite Allee alter Kastanien, die halb bürgerlichen Häuser am Rand des Ortes, die Bauernhöfe mit ihren kleinen Gewächshäusern, ihrem Lorbeer oder leuchtenden Spindelstrauch.

Sie bekam Lust, hier zu leben.

Und sie sagte sich, dass der Name dieses Dorfes, Valsol, warm und hell, pulsierend vor Licht, ein schöner Name war.

Der Himmel schmiegt seine Flanke sacht an den Leib der Erde.

Die Kuppen erhoben, bieten sich die hingestreckten Hügel der blauen Liebkosung dar, einer Berührung, die überall umherschweift, sucht, jede Anhöhe begehrt, in geheime Schluchten eindringt.

Der Himmel ist ganz nah, tief blau hier unter dem schwarzen Lorbeer, vermengt mit den Schattierungen dieses Weizens, dem Silber dieser Ölbäume. Firmament stürzt dort in diese Klamm.

Aus den Taubenschlägen unter den Dächern der Hütten fliegen Taubenschwärme auf.

Auf der Straße, die staubig war wie im Sommer, ging die Marie an diesem Sonntag zwei Mädchen vom benachbarten Hof entgegen, der Laure und der Fifi Provençal, mit denen sie den Abend beim Tanz verbringen wollte.

Sie sieht die beiden an einer Böschung sitzen, wo sie die Sandalen abstreifen, die sie sich für den schlechten Weg angezogen hatten, und in feine Schuhe schlüpfen. Die Marie hakt sie unter. Sie gehen mit langen, schwungvollen Schritten.

Den Schwestern fehlt es nicht an Frische, doch sie hüten sich zu lachen, wegen ihrer schlechten Zähne. Sie haben dünne Waden, treten die Schuhe aus.

»Was für ein schönes Wetter«, sagt die Laure und betont dabei jede Silbe.

Sie wird Gnia-Gnia genannt.

Zwei Uhr und herrliches Wetter.

In Grüppchen: herausgeputzte Mädchen, Boule-Partien. Die Spieler haben ihre Jacken ausgezogen.

Sauber geschrubbte Kinder, proper wie Tauben, rennen über den Platz. Sie wollen zusehen, wie die Lämmer gewogen werden.

Weiße Taschentücher auf dem Kopf, enge schwarze Mieder, lange Röcke mit weiten Falten um die Taille, so spielen die alten Frauen Quadrette auf ihren Schürzen an einem warmen Plätzchen.

Aus der Straße nach Valsol kommt ein Lastwagen und hält vor dem *Café du Centre.*

Als die Marie mit ihren Freundinnen das Lokal betritt, findet sie sich dem Olivier Roure gegenüber, der Korbflaschen ablädt.

Ihr wird plötzlich ganz flau.

Es ist wie an einem Mistraltag, nachdem man die geschützte Straße hochgekommen ist und unvermittelt auf den heftigen, schneidenden Wind trifft …

Er streckt ihr die Hand hin. Und lächelt ungezwungen, ironisch oder freundlich.

»Guten Tag, Mademoiselle. Geht's gut seit neulich? Schönes Wetter für einen Spaziergang heute!«

»… Sie sind hier, um Öl zu bringen?«

»Genau.«

Mit ihrem ganzen Gewicht an den Türstock gelehnt, fühlt sich die Marie erdrückt vor Freude, sie zittert vor Scham. Ihr Gesicht ist auf einmal gealtert. Ein Paar, das hinausgeht, streift sie. Er umfängt sie mit seinem Blick, Körper und Seele. Wie die Luft zum Atmen saugt er das Vergnügen in sich auf, die Rosen ihrer Haut welken zu sehen.

»Wer ist das?«, fragte die Laure die Marie mit einem unauffälligen Kopfnicken.

»Der Knecht von der Ölmühle in Valsol.«

»Kennst du ihn?«

»Nein, ich kenne ihn nicht … Na ja, ich habe ihn vor zwei Wochen gesehen, als wir unsere Oliven zur Mühle gebracht haben.«

»Wie heißt er?«

»Olivier Roure.«

»Wie alt ist er?«

Die Marie verzieht die Lippen, schiebt das Kinn vor, breitet die Arme aus und hebt die Schultern. Um zu sagen: Ich weiß nicht, wie alt er ist, oder: Mir ist egal, wie alt er ist.

»Hübscher Bursche!«

Im Hinausgehen hatte er der Marie, die ihm mit den Blicken folgte, zugelächelt.

Sie hört, wie der Wagen startet, das Motorengeräusch leiser wird, sich verliert. Die Laure und die Fifi stoßen einander mit dem Ellbogen an, grinsen, zwinkern sich zu.

An diesem Abend langweilte sie sich, das Geleier der Drehorgel ermüdete sie. Von der Luft im Saal, die zum Schneiden war, wurde ihr übel.

Ihre Freundinnen riefen ihr auf der Schwelle nach.

»Gehst du schon? Es ist erst sechs Uhr!«

Sie verließ das Lokal zugleich mit dem Gédéon, der sich einen halben Liter Wein geholt hatte.

Gelächter und Geblöke begleiteten den Alten.

Sie lief über die großen, offenen Tennen in der reinigenden Luft, wo die Heuschober aussahen wie dunkle Weiler.

Allein, weit weg von dem Lärm, vor dem sie geflohen war, um sich selbst wiederzufinden, schien es der Marie, als trüge sie in sich eine neue Welt, die sich ihr plötzlich offenbart hatte.

Ihr war ganz feierlich zumute, sie wollte schreien vor Freude, spürte, dass etwas in ihr mit einem Mal emporgeschossen war wie ein Baum.

An diesem Abend beim Zubettgehen leistete ihr ein Abwesender Gesellschaft, als wäre er ihr im Schatten gefolgt. Während sie sich auf dem niedrigen Strohschemel neben dem Bett die Strümpfe auszog, lächelte ihr ein Freund über die Schulter zu und bewunderte ihre Fesseln …

Das Wetter spielte verrückt.

Himmel und Erde rechneten miteinander ab. In heillosem Durcheinander gingen sämtliche Winde aufeinander los. Ein leuchtender Mistral behauptete sich inmitten des Konzerts kriegerischer Stimmen. Seine lärmenden Horden tobten über die Ebene hinweg, erfüllten sie mit heiserem Gebrüll, unter einem blank gefegten Himmel, der trotz allem lachte, wohl wissend, dass er seine rosa Mandelblüte bekommen würde.

Er riss nicht alles mit sich fort.

»Hast du den Schafen das Olivenlaub gegeben, Marie?«

»Ja, habe ich. Jetzt gehe ich Heu machen.«

Das Korn ist kräftig geworden.

Männer bewegen sich die Furchen hinauf und hinunter, schleudern Nitrat aus dem Handgelenk, wie Saat. Andere gehen mit der Ackerwalze über die Halme, die der Winter gelockert hat.

Man hat die Bäume beschnitten, deren knospende Zweige am Boden liegen. Frauen nehmen sie mit, um sie den Kaninchen zum Abnagen zu geben.

An den Böschungen sammelt der Gédéon Rougier Muskatellersalbei, den man nach Grasse verpflanzt. Seine lumpige Jacke hat die Farbe der Feldsteine: von der Sonne gebleicht und schwarz von Flechten.

Bei Les Devins hat man die letzte große Eiche, die auf den Äckern geblieben war, gefällt. Am Rand der Böschung, der glatt abgesägte Stumpf. Direkt daneben liegt der Stamm in vier großen Teilen, Seite an Seite, an denen man die schwarze Spur der Axt sieht. Zwei große Stapel gespaltener Scheite wachsen an, bereit, verbrannt zu werden, der Vorrat für mehrere Winter. In einem Durcheinander aus trockenen Blättern, Rinde, Sägespänen, kleinen Splittern: mittleres Holz, Stangen, knorrige Stücke. Rundherum ein doppelter Ring aus Reisigbündeln.

Die Marie betrachtet das von oben, und der Anblick der niedergerissenen Eiche, die aufgehört hat, wie ein Fluss zu rauschen, erfüllt sie mit Wehmut.

Sie fühlt sich wie verwandelt. Jede Kleinigkeit rührt sie an: Die Wege, auf denen sie geht, sind nicht mehr dieselben wie zuvor. Die Blumen neigen sich dort mit strahlenderen Gesichtern. Die Tränen unter den kleinen, rot bestickten Blättern der wilden Rebe, die den Flieder neben dem Feigenbaum umschlingt, sind keine dicken, klebrigen Harztropfen mehr. Es sind schöne, zitternde Sterne …

Sie ist doch wohl nicht auf ein Hexenkraut getreten? Sie betrachtet forschend die Quecke, den Odermenning, das Gewimmel winziger namenloser Gräser, die den Wegrand polstern.

Am Saum eines mageren Feldes auf einem von Thymian überwucherten Steinhaufen sitzend, schreibt sie mit dem Finger einen Namen auf einen Kiesel. Ein komischer Gedanke geht ihr durch den Kopf: Wenn nur dieser Name nicht durch irgendeinen bösen Zauber in leuchtenden Buchstaben überall da auftaucht, wo sie ihn hinterlassen hat …

Hinter den beiden vom Wind geknickten Zypressen und dem Lorbeer, der den Brunnen verbirgt, sieht man das Dach der Antelmes. Maries Blick verdüstert sich. Dort wohnt die Marie-Joséphine, drei Tage älter als sie.

Sie kam ohne Beine und mit nur einem Arm zur Welt. Mit hübschem Gesicht. Und ganz bei Verstand. Die beiden Mütter hatten in der Schwangerschaft gemeinsam gebetet, dass die Frucht, die sich in ihrem Leib regte, nach dem Bilde Gottes geschaffen wäre. Als kleines Mädchen hatte die Marie-Joséphine ihrer Mutter einmal gesagt: »Warum hast du mir keine richtigen Beine gemacht wie meinem Bruder?«

Sie trägt einen Sack, der an der Taille zugebunden ist, und bewegt sich trotzdem über das Gehöft, indem sie ihren Arm zu Hilfe nimmt.

Der Zugwind hat die Hügel in blauen Dunst gehüllt.

Frisch und ungestüm bläst er von Süden her seit dem Morgen, singt in den Ohren, lockert die fette Erde auf, behaglich für die Sämlinge wie ein Schoß, leckt mit unersättlicher wilder Zärtlichkeit darüber. Die Feuchtigkeit dringt in großen, dunklen Flecken aus den Baumstämmen. Knospen platzen auf.

Die Marie geht ohne Eile.

Die Mandelbäume duften nach Honig.

Es regnet Blütenblätter. Ein alter verkrümmter Baum, schwarz und ausgehöhlt, hebt nur noch einen schwachen Arm, der aber voller Rosen hängt.

Auf ihrem Mund, ihrer Nase zerdrückt sie das weiche Fleisch der Blüten, die sie mit ihrem Saft benetzen. Sie kaut darauf und empfindet eine Ungeduld, etwas wie ein Ziehen in ihrem erblühten Körper.

An diesem Morgen sprang sie aus dem Bett, als die jungen Spatzen in den Nestern unter den Ziegeln vor Hunger schrien. Die zu drei Vierteln ausgewachsenen Seidenraupen sind sehr gefräßig. Da darf man nicht an Blättern sparen.

Die Norine, die die große Wäsche machen wollte, war noch früher wach: Auf dem Ofen fand die Marie den aufgebrühten Kaffee. Sie hörte ihn durch den Filter tropfen.

Der Tag sickert langsam aus den Umrissen der Dinge.

Über der schön gebogenen Flanke des blauen Hügels kehrt ein großer Stern in den Himmel zurück.

In der Akazie, aus der der milchige Duft der weißen Dolden rinnt, wartet ein Sänger nicht auf die Sonne: Die Melodie schwingt sich auf mit weitem, kraftvollem Flügelschlag, bei jedem neuen Vers gestützt von kühnem Wollen. Und dann hinab, perlend wie Wasser auf hartem Fels!

Ein Hahn steht auf einem Misthaufen. In klein, die ganze Pracht der goldenen Morgenröte. Er reckt die Brust, schleudert seinen rauen Schrei empor, von glühender Inbrunst geschüttelt, beinahe verrenkt, mit einer solchen Hingabe, dass man sich wundert, wie er nicht daran zerbricht.

Dieser Schrei ergreift die Marie, der es kalt den Rücken herunterläuft.

Sie geht schnell, die Lippen geschlossen. Ihre Nasenflügel öffnen sich der stärkenden Luft, saugen die blaue Frische ein, den Duft des Sommers. Sie fühlt sich, als wäre ihre Seele neu geboren, taucht ein in den anbrechenden Tag, tauft sich mit Morgenröte.

Eine Symphonie von Kikerikis ertönt aus allen Ecken des Dorfes, das sie hinter sich lässt. Auch von den nahen Gehöften antworten die Hähne. Eine Freude trägt sie.

Kein Blatt rührt sich, kein Stiel zittert. Die Linde ist dichter, die Malve fester, die Quecke und der Sauerampfer stehen stramm. Die kleinen Zweige des Maulbeerbaums biegen sich nicht. Die Pflanzen haben den taufeuchten Kuss der reinigenden Nacht getrunken. Auf der feinen, vielfachen Haut ihrer Blätter haben sie die Umarmung des kühlen, nackten, von hellem Sternenlicht überfließenden Körpers gespürt.

Man muss nur dem Erwachen beiwohnen, um zu wissen, wie erfrischend die Nacht war. Seht her: Der Wein hüpft, die Quitte tanzt, die knallgrüne Minze gibt sich ausgelassen dem Wind hin, seiner Freude, seiner Musik, seinem Übermut.

Hier und da wird gemäht. Schimmernd im Morgenlicht schneidet die Sense ins blutige Fleisch des Süßklees. Sie saust wie der Wind in den Ohren.

Am Hang blüht der Salbei, und es sieht aus, als wäre Himmel auf die Blätter getropft.

An der Spitze des Feldes von Onkel Moisson ist das Korn schon umgelegt.

Ein Stück der Luce besteht nur aus Klatschmohn, den hie und da eine kurze, magere Ähre überragt. Das Feld wird nichts abwerfen, nachdem es zu früh bestellt wurde und dann ein paar Tropfen die Saat verfaulen ließen. Da die Weizenkörner verdorben waren, hat die Erde nur Unkraut hervorgebracht.

Die weite, bunt gescheckte Hochebene flammt plötzlich auf: die Sonne, Verkünder kommender Ernten, hat hinter dem Hügel ihre glänzende Garbe hervorgeschleudert. Die Kalanderlerchen schießen aus dem Getreide empor, schillernd, wie von einem Faden gezogen, und sie singen beim Aufsteigen mit ihren wie Wasser plätschernden Stimmen.

Die Marie hat die bereits blühende, summende Linde passiert.

Hier sind ihre drei Maulbeerbäume, deren Laub glänzt.

Sie beginnt es abzustreifen und wirft rasch Händevoll der frischen, mit seidigem Licht durchwirkten Blätter in das grobe Tuch.

Es ist beinahe acht Uhr, als sie ins Dorf zurückgeht. Gédéon Rougier, der mit einer Ladung Geißblatt wiederkommt, begleitet sie ein Stück Wegs. Am Vortag haben sich Makler angekündigt, die für die Blüten einen guten Preis zahlen.

Schnell hat sie den Raupen die Blätter gegeben, das Feuer geschürt, das unter dem Kesselhaken erstirbt, und sich zu ihrer Mutter aufgemacht, weil sie weiß, dass die viele große Laken hat.

Sie nimmt eine Abkürzung über einen holprigen Weg, läuft rasch zwischen Ruinen in einem verfallenen Viertel.

Kleine Kinder hocken am Bach, durchnässt bis zum Bauch. Mit ganzen Hüten voll Erde bauen sie Dämme, um das Wasser zu stauen.

Schon bindet sie sich eine grobe Wollschürze um die Taille.

»Die Laken sind gewaschen«, sagt die Norine zu ihr und deutet auf das Trockengestell. Es gibt noch jede Menge kleine Sachen.

»Wie spät ist es?«

»Halb elf vorbei«, antwortet die Marie, die die großen, gelb karierten Stofftaschentücher einseift.

Sie fügt hinzu:

»Ich habe die Suppe wieder aufgesetzt.«

Die Wäsche im Becken wird weiß, dass es eine Freude ist.

»Das wird eine schöne Wäsche«, sagt die Norine. »Ich habe gut gebrannte Asche verwendet. Die Lauge hat mir die Finger aufgerissen.«

Sie zeigt ihre blutenden Hände.

Das Plätschern der Rohre, die reichlich Wasser speien, übertönt die Stimmen der Wäscherinnen.

Schon lange hat der Costant etwas im Sinn. Er träumt davon, sein ebenes Stück Land umzugraben.

Diese unbebaute Fläche ist mehr als drei Mal so groß wie seine anderen Felder zusammen und gar nicht so steinig. An einem Stück mit dem Rest: Er rechnet mit achtzig Fudern Getreide.

Die Heide, auf der ein paar wilde Nelken leuchten und schmächtiger Lavendel duftet, ist bedeckt von magerem, kurzem Gras, das im Frühling und Herbst die durchziehenden Herden abweiden. Das Schwerste wird sein, die Gruppen alter Buchsbaumsträucher auszureißen, die sich dort ausgebreitet haben, rötlich und wie versengt, die Ginster und Wachholderbüsche, die Zwergeichen, deren starke Wurzeln die Erde umklammern wie Arme. Manche dieser Wurzeln schauen heraus, Ellbogen, könnte man meinen.

Man bräuchte einen Traktor. Eine Woche, nicht mehr, mit der Maschine, und alles wäre zu guter Erde umgepflügt.

Letzten Winter hat er mit dem Seguin von der Ölmühle in Valsol darüber gesprochen, der nach dem Dreschen herkommen wird, um die große Flur zu roden.

Der Costant blickt vertrauensvoll in die Zukunft. Er sieht die Veränderung in Gedanken vor sich: Anstelle der trockenen Heide, über die ein trostloser Wind weht, ein einziges, riesiges Feld, von sattem, feuchtem Rot während der Zeit des Pflügens, wenn die Eichen sich gelb färben und ihre Früchte abwerfen, wie eine üppige Wiese dann im Februar mit seinen fruchtbaren Nebeln. Später, zur Erntezeit, ein reiches Versprechen unter dem schweren goldenen Mühlrad der Sonne.

Er hat sein Korn um die Bäume herum mit der Sense gemäht, den Weg für die Maschine vorbereitet, die er gemietet hat, und soll morgen ernten.

Um jeden Mandelbaum liegen drei Schwaden.

Der Südwind bläst seit zwei Tagen, heiß wie aus einem Backofen, und hat das Korn zu schnell reifen lassen.

Ab und zu hat er sich über eine Ähre gebeugt, die er in der linken Hand gehalten hat, ohne sie abzureißen. Mit der rechten hat er zwei Körner abgebrochen, sie zwischen Daumen und Zeigefinger gerollt, damit sich die Spelze lösen.

Dann hat er die Körner in seiner schwieligen Hand betrachtet, um zu sehen, ob die große Hitze sie nicht verbrannt hat.

Sie erschienen ihm schön dick und schwer.

Die dichten, glänzenden Halme kommen ihm vor wie das volle Haar der drallen Erde. Den Falten des Geländes folgend, sind sie herrlich goldbraun gereift. Wo die Bäume ihnen Schatten geben, ist die Farbe weniger intensiv. An manchen Stellen sinken sie in schweren Bündeln um, als hätten sie einen Sonnenstich.

Rund um das vor Licht, trunkenen Zikaden und sonnenverbrannten Ähren sirrende Plateau bilden die Hügel einen Ring aus blauer Frische. Auf der Montagne de Lure ist ein Hauch Schnee zu erahnen.

Und der Lavendel, zwischen zwei Weizenfeldern, erscheint wie der violette Grund einer Schlucht am frühen Morgen.

Aus dem Anschnitt der Erde mit ihren gebogenen Rändern quillt frischer Himmel. Seine blauen Fluten tränken die Ebene. Seine azurnen Wogen überschwemmen die Berge, strömen in ihre Schluchten.

Auf den Tennen ein Konzert brummender Maschinen.

Die Sonne sticht vom Himmel.

Manch einer ist noch am Dreschen.

Rund um die Stangen wächst kegelförmig der Haufen aus Körnern und Spreu. Ansonsten ist der Platz gefegt, das uralte Pflaster mit seinen glänzenden, abgewetzten Steinen, die die Fußsohlen verbrennen, nackt.

Die durch Gässchen getrennten Strohhaufen versperren die Sicht, bilden geschützte, intime Winkel, in denen jede Familie ihren festgelegten Platz hat, um dieselbe heilige, antike und alljährliche Arbeit zu verrichten.

Die haushohen Kornschober, geschichtet aus schweren, gebogenen Garben, mit der Kontur der vollen Ährenpaare, sind von einem wärmeren Orange als die gelben Beugen kümmerlichen, kraftlosen Strohs.

Man brutzelt. Blinzelt im grellen Licht.

Die Gesichter sind gerötet, verbrannt, die Wangen eingefallen, die Bärte nachgewachsen, die Körper ausgezehrt.

Im glühenden Schatten der Schober hat man die Tonkrüge, die aussehen wie dicke Früchte und in denen das kalte, schwere Wasser gluckert, mit nassen Säcken bedeckt.

Unter den Bändern der breiten Strohhüte stecken frische Nussbaumblätter, die über die Schläfen herunterhängen.

Den zweiten Tag worfeln die Maurels nun ihr Korn. Sein Halstuch umgeknotet, dreht der Onkel Moisson, dessen Ernte schon in der Scheune ist, die Kurbel. Die Marie und ihre Mutter tragen Kopftücher und machen sich rund um die Maschine zu schaffen, bringen das Getreide im Eimer, schieben am Auslauf mit dem Holzrechen die Körner zur einen, die Spreu zur anderen Seite.

Über die Windfege gebeugt, mit einem Handschuh, um das Gitter zu säubern, wedelt der Costant die Spelze fort. Eine dicke Brille schützt seine Augen vor dem aufgewirbelten Staub, der ihn wie ein Schwarm lästiger Fliegen umgibt. Er ist nicht wiederzuerkennen. Der Schweiß bahnt sich heiße Furchen durch den Schmutz.

Sie sind zufrieden. Ihr gesiebtes Getreide kann sich sehen lassen: kaum nicht entspelzte oder kleine Körner. Sie überschlagen mit bloßem Auge, dass ihre fünf Maß Saatgut das zehn- oder elffache eingebracht haben. Als sie an diesem Abend mit ihrem zweiten Erntekarren von den Tennen zurückkehren, finden sie eine Karte, die der Briefträger unter der Tür hindurchgeschoben hat und die sie darüber informiert, dass der Seguin in drei Tagen mit dem Traktor kommen wird.

Der Costant hat beim Worfeln darüber nachgedacht. Stolz sagt er zu seiner Frau:

»Dieses Jahr werden wir bald die Hälfte der Ernte als Saatgut zurückbehalten müssen.«

Der Costant hat den schönen Nussbaum mit dem hellen Stamm verkauft, der gegenüber dem Haus stand. Man hat ihn ausgerissen und auf einem Lastwagen weggebracht. Da, wo die hartnäckigen Wurzeln steckten, erinnert die aufgeworfene Erde an ein Grab.

Dieser Baum fehlt. Sie trauern um ihn. Die Norine vermisst seinen kühlen Schatten.

Unter dem Maulbeerbaum mit seinem warmen, durchbrochenen Schatten, ein wenig von der Wand abgerückt, die die Hitze abstrahlt wie ein fiebernder Körper, stopft sie einen Haufen grober, verschossener und schon in allen Farben ausgebesserter Baumwollstrümpfe. Vom Waschen sind die Sohlen hart. Damit die Nadel hineingeht, knetet sie sie erst einmal weich.

Vier Uhr. Die größte Hitze hat nachgelassen. Auf der Böschung toben die Kinder mit gelben Queckenspelzen in den Hemdchen und stecken einander Süßgräser in die Krägen.

Das Federvieh pickt die süßlichen weißen Maulbeeren vom Boden auf. Um ein Huhn, das sich niederkauert, beschreibt der Hahn einen raschen Halbkreis. Zur Seite geneigt, fegt er mit einem Flügel über die Erde. Die Kleine, die auf der Lauer liegt, nimmt einen Stock, um den Bösewicht zu schlagen, der immerzu die Hühner besteigt und sie so grob am Kamm zieht.

Ein Knirps hält ganz versunken ein nicht vorhandenes Lenkrad, das er nach rechts und links dreht. Er fährt vor, zurück, wendet, betätigt die Kupplung, schaltet in den Leerlauf, brummt: brrrr ...

»Ich muss volltanken«, murmelt er zu sich selbst.

Die Fine, die den Hahn nicht erwischt hat, kommt her, schielt auf den Korb mit Garnrollen, Etuis, Schachteln voll einzelner Knöpfe, in der unverhohlenen Absicht, darin herumzukramen, die Fäden zu verwirren, Nadeln und Knöpfe überall zu verteilen.

»Lass das«, sagt die Norine.

Sie fügt hinzu:

»Geh nachsehen, ob die Hühner nicht im Spinat sind.«

Ein Brummen, das man schon seit einer Weile hört, ist laut geworden. Die Kinder stürzen ihm entgegen.

»Der Traktor!«

Da kommt Roure, der Knecht vom Seguin. Die Maschine bewegt sich schwerfällig, rasselnd. Alles bebt.

Die Norine ist aufgestanden und hat Olivier etwas angeboten.

Sie schenkt ihm Walnusswein ein.

»Auf Ihre gute Gesundheit!«

»Auf Ihre Freundschaft.«

»Der ist köstlich!«

»Natürlich. Ich habe grüne Walnüsse von Sankt-Johanni, dreizehn pro Liter, fünf Jahre lang in Wein ziehen lassen.«

Der Likör ist rosa geworden und schmeckt nach Rinde.

Ein hübscher Bursche, findet sie.

Der Costant tritt ein, er kommt vom Acker mit einem Karren voll Kürbisse.

»Ich habe die Maschine gesehen. Wie geht's? Und der Chef?«

»Der ist heute in Oraison auf dem Markt.«

»Meine Frau hat ein Bett zurechtgemacht. Fühl dich hier wie zu Hause.«

Costant fügt hinzu:

»Ich werde abschirren und den Karren ausladen.«

»Warten Sie. Ich decke eben den Traktor zu und gehe Ihnen zur Hand!«

Die Norine hat sich wieder an ihre Stopfarbeit gesetzt.

»Ihr habt ein schönes Portal«, sagt Olivier.

»Die, die's gebaut haben, haben keine Zahnschmerzen mehr.«

»In Valsol gibt es ein ganz ähnliches, es ist auch gut erhalten. Darin ist ein V eingemeißelt.«

Er zeigt es mit zwei Fingern.

»Dieses V, das sollen die beiden Steilwände einer Schlucht sein. Dazwischen ist die Sonne.«

Die Marie ist Lavendel schneiden gegangen.

Da Costant das Feld gut gepflegt hat, ist es ganz sauber, ohne Unkraut.

Die Pflanzen verbinden sich zu einer welligen Fläche aus lauter kleinen Hügeln.

Zwischen zwei Reihen ist die Furche nicht zu sehen, so dicht stehen die Blüten, zu weiten Kuppeln ausgebreitet. Sie sind reif, summen vor Bienen.

Alles duftet.

Es ist hauptsächlich Lavandin, der schöne Lavandin, violett wie der Hügel. Auch der Lavendel, kleiner und blasser, hat die Farbe der Hügel, der letzten, hinten, die sich wie Wellen in den Himmel erheben.

Marie hat Espadrilles an den Füßen, bloße Arme, und der kurze Rock bedeckt ihre Knie nicht. Die zarte, sonnengetränkte Haut leuchtet wie das gelbbraune Korn.

Es ist nicht allzu heiß.

Wenn ihr Kreuz schwer wird, richtet sie sich im frischen Wind auf und reckt die Arme wie eine Pflanze, die sich entfaltet.

Ganz gleich, was sie tut, sie findet Gefallen daran. In ihr strömt und rauscht die Lebensfreude wie der Wind in den Eichen. Ihr Herz ist ein blühendes Feld, das nach Hoffnung duftet.

Es ist noch nicht spät. Sie prüft das Gewicht ihres Bündels und denkt, dass sie vor der Suppe noch einmal wiederkommen kann.

Sie geht unten herum zurück ins Dorf.

Beim ersten Brunnen sind einige am Destillieren. Der Kolben schnauft im Sonnenuntergang.

Die Essenz steigt einem zu Kopf. Man läuft über Haufen ausgekochten Lavendels.

Sie lässt die Blumen in einem kleinen Haus mitten im verlassenen Dorf, das ihnen gehört. Der erste Raum ist für die Hühner bestimmt.

Ganz in der Nähe sitzt der Gédéon in der menschenleeren Gasse still auf seiner Schwelle und flicht einen Knoblauchzopf. Zu seinen Füßen der halbe verrostete Eisenkessel, aus dem die Hühner trinken.

Als sie im oberen Viertel herauskommt, sieht sie Olivier auf dem Karren und ist auf einmal atemloser als eben noch, während sie die steile Straße hinaufeilte.

Mit zugeschnürter Kehle verlangsamt sie ihren Schritt und wünschte, sie könnte mit den Händen ihr hüpfendes Herz festhalten.

Unter dem dünnen Stoff zeichnen sich ihre Brüste ab wie zwei aufragende Wogen. Die runde Hüfte wiegt sich, schwingt. Die Blöße des schönen, erblühten Körpers strömt über, strahlt durch die schlichte Baumwolle, die an den kraftvollen Gliedern klebt, wie Licht durch einen Lampenschirm.

Er sieht sie in einer fließenden Bewegung näherkommen, mit einem Blick, der den keuschen Schleier durchdringt, trinkt die Glut, die die Wangen der jungen Frau rötet, wie Likör, denkt, dass das Schönste an ihr weder der Körper ist noch die geschmeidige Anmut ihres Gangs, sondern die Liebe, die ihr aus allen Poren dringt, die Leidenschaft, die sie verströmt wie ein Parfum.

Sie reicht ihm die Hand.

»Geht es Ihnen gut?«

Ihre Stimme ist heiser. Sie wundert sich, dass sie beinahe ganz normal sprechen konnte. Doch ihr Mund ist trocken, ihr Kiefer zittert, die Kontur ihres Gesichts verschwimmt wie der Wasserspiegel über einer Quelle.

Etwas gefasster antwortet sie:

»Ich glaubte, einen Traktor zu hören … Dann waren Sie das also?«

»Ja. Ich bin gerade kommen.«

Da sie heute nun doch nicht mehr aufs Lavendelfeld zurückkehren will, setzt sie sich zum Nähen neben ihre Mutter.

Der Wind zaust den Feigenbaum, der sein Laub sacht schüttelt, wie von allein.

In der Akazie klingt es nach einem Regenschauer.

Ein klarer Wind brandet über den blanken Himmel, klammert sich an jeden Mandelbaum. Auf der Straße jagen und vermengen sich Staubwirbel.

Die Luce müht sich ab, ihre Handtücher aufzuhängen. Der Wind entreißt sie ihr. Verdreht sie wie Kordeln.

Es ist Donnerstagabend. Die Marie geht mit den Kleinen aufs Plateau.

»Dieser Wind macht einen ganz schwindlig«, sagt sie. »Wie betrunken.«

Vom Feld hört man das schwere, gleichmäßige Brummen des Motors, das der Wind zerhackt.

»Horcht mal …«

»Ist das unserer, den man da hört?«

»Das ist unserer.«

Über den Feldweg, wo der Wind ohne Staub besser schmeckt, wo der Thymian an der Böschung sauber ist, erreichen sie ihr Stück Land. Stellenweise klaffen große Löcher in der roten Erde.

Die Marie zeigt auf die umgestürzten Zwergeichen am Rand, deren Wurzeln in die Luft ragen, erklärt, dass man sie mit Ketten an den Traktor gebunden und dann ausgerissen hat wie Lauchstangen.

Der Roure ackert seit vier Tagen. Mehr als ein Drittel der Heide ist schon umgegraben.

Die Kleinen haben sich verstreut, um Sträuße aus Großem Speik und Nelken zu pflücken oder Steine zu suchen, scharfe, gemaserte, mit Sternen aus Flechten, schöne, von Regen und Wind ausgewaschene Steine. Die Fine füllt ihre Tasche damit, sie ziehen ihre Schürze an einer Seite herunter.

Die Marie ruft, sie sollen sich vor den Schlangen in Acht nehmen, und sieht zu, wie der Traktor mühsam, mit lauter werdendem Brummen vorwärtskriecht. Wenn die Pflugschar auf einen Ginster oder Buchsbaum trifft, gibt es einen Ruck, ehe die Maschine ihren Weg fortsetzt und dabei die Pflanzen mitschleift, die in die Furchen stürzen. Manchmal ist der Widerstand der Wurzeln so groß, dass der schwere Traktor sich zweimal schüttelt wie ein zorniges Monster und ohnmächtig stehenbleibt. Die breiten, gezackten Reifen schlittern, zerhacken den mageren Rasen, die gepresste Erde. Olivier fährt ein Stück zurück, und das Ungetüm setzt sich erneut in Bewegung, ebenso schwerfällig und beharrlich wie zuvor. Ein zweites Mal prallt die Pflugschar dagegen, bleibt stehen, wie ein starrköpfiger Widder. Die Maschine muss noch einmal zurückweichen, erneut starten. Doch diesmal beschleunigt sie, die Reifen finden Halt, und sie bleibt nicht mehr stehen, sondern schleift die lebendige verstümmelte Wurzel mit sich fort und hinterlässt erobertes Land, das Fleisch der Erde mit tiefen Furchen, in die feuchte, mürbe Schollen brechen, glücklich, sich der Liebkosung der Sonne darzubieten.

Er winkt ihr von seinem Sitz herab zu.


Er steigt ab, um den Pflug vom Ginster zu befreien, der sich darin verfangen hat.

Sein Kragen ist offen, seine Ärmel hochgekrempelt. Unter der dunklen, behaarten Haut treten die Muskeln hervor. Das Hemd aus grauem Tuch schwillt unter den Armen.

Er ist stolz auf die getane Arbeit.

Die Marie betrachtet dieses energische, sonnenverbrannte Gesicht.

Sie schwenkt den Schlauch aus Ziegenleder mit frischem Aniswasser, das sie ihm gebracht hat.

Er kommt zu ihr, bedankt sich und trinkt in vollen Zügen aus dem erhobenen Schlauch, den Kopf in den Nacken geworfen.

»Das erfrischt. Das tut gut. Hier geht schon ein Lüftchen; trotzdem habe ich Durst bekommen!«

Zwischen ihnen konnte sich keine Unterhaltung entspinnen. Die Befangenheit war zu groß ...

Sein Blick erschütterte sie, ließ sie zittern wie einen Baum im Wind.

Die Kinder stürzten sich auf den Korb mit dunklen Trauben, bissen hinein, ließen die Kerne zwischen ihren Zähnen knacken.

Der rote Saft läuft ihnen übers Kinn.

Die Laure und die Fifi kommen atemlos zur Marie gerannt.

Ihre Sätze sind zerhackt vom Luftholen, sie fallen einander ins Wort.

»Hast du gehört? Die Jungen wollen zum Verdon fahren …«

»In die Schlucht.«

»Mit dem Auto vom Fonse …«

»Wir sind dabei.«

»Los, komm auch mit!«

Die Marie ließ sich Zeit, zögerte, suchte Trauben aus, die sie ihren Freundinnen anbot.

Es war Oliviers letzter Tag.

Er trat zu ihnen, verkündete, er wäre auch mit von der Partie.

Da entschließt sie sich rasch.

Sie sind ein Dutzend Jungen und Mädchen, die aufbrechen. Der Fonse tritt aufs Gas.

Hinter Moustiers, Richtung La Palud und bis zu den Schluchten ist die Straße schlecht, eng, kurvig, voller Geröll, in den Fels gehauen.

Wenn ein Stoß in der Kurve die Mädchen auf die Jungs purzeln lässt, lachen sie wie verrückt.

Der Tag ist blitzeblank und klar, die Luft etwas kühler, erfrischend. Sie trinken sie in tiefen Zügen.

Auf der Straße blaue Pfützen. Das Wasser spritzt unter den Reifen auf.

»Hat's geregnet?«

»Na so was!«

»Um mich aufzuwecken, müssten schon Mühlsteine vom Himmel fallen!«

Sie amüsieren sich über Elstern mit tropfnassen Federn, die schwerfällig auffliegen.

Jeder Baum am Straßenrand rast auf sie zu und pfeift.

Der Éloi ist auch dabei. Er stottert. So sehr, dass es weh tut, ihm zuzuhören. Wenn er ein Wort nicht herausbringt, stampft er mit dem Fuß auf.

Er wollte nicht mitkommen, aber sie haben ihn ein bisschen gedrängt, da hat er sich entschieden.

Seine Augen leuchten vor Freude. Sie entzünden sich an Maries strahlendem Gesicht, an ihrem hellen Lachen und Gesang.

Zu Füßen des Fleckens Rougon, der hoch auf seinem Felsen kauert, parken sie das Auto am Rand einer Wiese, setzen sich im Kreis und essen zu Mittag. Sie trinken Rosé aus dem Asse-Tal.

Für einen Moment gelingt es Olivier, Maries Blick festzuhalten. Bisher war es unmöglich. Doch an diesem besonderen Tag bekommt er endlich das schöne Lavendelblau, schöner noch an diesem Tag voller Ausgelassenheit, vor Licht überströmend wie zwei helle Sterne im dunklen Samt der Nacht.

»Hast du Espadrilles, Marie?«

»Ja, habe ich.«

Sie stehen am Rand eines Abgrunds. Unten scheint der Verdon inmitten weißer Gischt überzukochen. Gegenüber bilden zwei hohe, tiefe Felswände ein schmales, mit Blau gefülltes V, das den Eingang zum Grand Cañon markiert.

Die Gruppe geht schnell einen steilen Weg hinunter, der an einem überhängenden, wie von der Sonne gerösteten gelbroten Felsen entlang zum Zusammenfluss von Verdon und Baù führt.

Sie passieren eine kleine Holzbrücke, biegen zum Verdon ab, der sich in einem Gewirr aus blank geschliffenen Blöcken in die Schlucht stürzt.

Die beiden senkrechten, vierhundert Meter hohen Wände lasten auf ihnen. Außer Fonse, der nicht zum ersten Mal hier ist, war keiner darauf gefasst.

Der Anblick ergreift sie.

»Ha! Also das ist hoch!«

»Man kommt sich vor wie eine Ameise.«

»Wie im Jenseits.«

Der Fonse zeigt ihnen links am Felsen eine unförmige Menschengestalt.

»Das ist Samson. Das hat mir letztes Mal, als ich hier war, ein Alter aus Rougon, der die Ziegen hütete, erklärt. Daneben ist die Frau, Dalila.«

»Gehen wir in die Tunnel?«

Der Eingang zum ersten klafft ganz in der Nähe, finster wie eine Höhle. Sie wagen sich hinein. Die Mädchen kreischen in der Dunkelheit, tasten sich an den Felswänden voran.

»Fonse«, sagt jemand in scherzhaftem Ton, »ich hoffe, du weißt, wo du uns hinführst!«

»Wir wollen uns nicht verirren.«

»Es fühlt sich an wie in einem Grab.«

Der Fonse erzählte die Geschichte von Samson und Delila, laut dem alten Hirten aus Rougon:

»Samson, das ist der Verdon …

Er schlägt die Bresche. Öffnet mit einem Stoß seiner Schultern die Tore, unter Getöse, das bis rauf zu den Sternen dringt.

Voll Kraft und Inbrunst rauscht er hinab, reißt tosend und brüllend alles mit sich fort. Weder Berg noch Fels halten ihm stand.

Seine Locken, denen er seine Stärke verdankt, wallen schäumend durch die kalte Luft der Schluchten.

Er trifft Dalila.

In einer Grotte, über die sich kein Mensch je beugte.

Eine Grotte mit spiegelglattem Wasser, grün und trügerisch.
Das Wasser scheint reglos.

Von allem Anbeginn ist dort, in diese Feuchtigkeit, nie ein Strahl gedrungen.

Als Samson aus dieser Grotte steigt, schäumt und tost er nicht mehr. Er brüllt nicht mehr. Er ist ganz ruhig.

Dalila hat ihm sein Haar genommen …«

Vorne, hundert Meter weiter, ein heller Bogen. Der erste Tunnel endet bereits.

Sie befinden sich auf einem abschüssigen Geröllfeld. Gegenüber der kupferne, von der Sonne entzündete Steilhang.

Die meisten von ihnen empfinden die Angst der Menschen aus dem Flachland, die zum ersten Mal von Felsen umgeben sind und fürchten, diese könnten auf sie stürzen. Sie rechnen jeden Moment damit, dass sich das ungestalte Chaos in Bewegung setzt …

Verstummt, das Lachen.

»Bei dem Anblick vergeht einem der Spaß.«

»Es macht einen ganz schwindlig.«

Auf dem nackten Stein stellenweise Buchs, Nieswurz oder eine magere, verwitterte Pinie.


Der Fonse zog seine Schuhe aus, schlüpfte in die Sandalen, weil sie jetzt im Wasser gehen würden. Alle folgten seinem Beispiel.

Olivier sieht, wie die Marie die Hand unter den Rock schiebt, um ihren Strumpfhalter zu lösen. Auch wenn sie die Hüfte neigt, damit das Kleid hinunterhängt, kann sie nicht so viel Haut verbergen, wie sie gern würde.

Sie hat sich umständlich auf einen Stein gesetzt, die Strümpfe abgestreift, die Espadrilles angezogen, die sie aus einer Zeitung auswickelt. Er sieht nichts anderes mehr als dieses Mädchen, das mit einer keuschen Geste seinen engen Rock über die zusammengepressten Knie zieht. Als sie den zweiten Tunnel betreten, weiß sie nicht, wie es kommt, dass sie seinen Arm hält. Er stützt sie auf dem unebenen Grund.

»Man sieht nicht, wo man hintritt …«, sagt neben ihnen eine heitere Stimme.

Sie schweigen, die Welt um sie her scheint ihnen mit einem Mal leer, still wie nach dem Sturm … Ihre Hände suchen sich.

Der Macime zündet eine Laterne an, deren funzeliger Schein Gelächter wie Strahlen verbreitet.

Links im Tunnel sieht man vom Boden bis zum Gewölbe eine Art bleichen Morgen aufziehen.

»Das«, sagt ihr Führer, »ist ein Loch, um das Geröll rauszuschaffen, als sie den Tunnel gebaut haben.«

Durch eine schmale Öffnung dringt ein wenig Licht herein. Sie beugen sich hinaus. Unten zwischen Felsblöcken, der weiß schäumende, rasende Verdon. Sein Gebrüll dringt nicht bis zu ihnen hinauf.

Die Mädchen kreischen vor Schreck.

Olivier spürt, wie die Marie zittert. Sie ist bleich, er stützt ihre Taille, an sie geschmiegt. Ihre Haare streifen seine Wangen, seine Lippen wie eine sanfte Brise.

Alle gehen weiter im Trockenen. Sie bleiben ein Stück zurück.

Die Marie wehrt sich nicht. Er pflückt ihre Lippen, und seine Hände, die an den nackten Beinen hochwandern, finden sie ganz und gar, gegen die harte Wand gelehnt. In ihren Ohren ein Dröhnen wie vom Wind oder einem reißenden Strom. Sie gleitet zu Boden …

Lautes Lachen prallte von den Wänden und der niedrigen Decke ab wie Lichtkugeln. Sie fasste sich wieder. Damit sie sich am Ausgang des Tunnel keinen Spott anhören musste, nahm er sie auf die Arme und trug sie mit langen Schritten durchs Wasser, ihren Kopf auf seiner starken Brust. Und dabei kostete er weiter ihre Lippen wie eine Frucht und flüsterte Dinge, die man nur ganz kleinen Kindern sagt.

Sie findet sich mit den andern im hellen Tageslicht wieder, an der frischen Luft, geblendet, neben Olivier.

»Mir ist furchtbar schwindelig geworden bei diesem Loch im Tunnel«, sagt die Laure. »Marie, wie bleich du bist! Hast du dich auch erschreckt?«

Die Wand der heroischen Felsen erhebt sich dort oben in den intensiven, tiefblauen Himmel.

Sie können es nicht fassen.

»Schau mal hoch!«

»Seht den Verdon da unten ...«

»Ho! ... Ho!«

Die Mädchen pflücken zur Erinnerung Efeu, Buchsbaum, Bartnelken.

Der Rückweg war noch einmal ein Vergnügen.

Als die Marie sich am selben Abend von Olivier verabschieden musste, der nach Valsol zurückkehrte, legte sie ihm einen Talisman in die Hand:

Einen Zweig vom bitteren Buchsbaum.

Sie hat sich vorgenommen, ihm zu schreiben.

Im Lebensmittelgeschäft verkaufen sie auch Postkarten. Da gibt es die mit Blumen und Spruchbändern: *Liebespfand. Nur die eine welket nicht, welche heißt Vergissmeinnicht. Für Dich allein soll diese Rose sein* und so weiter; dazu andere, Verlobungskarten, Ansichtskarten. Unter jenen ist eine mit dem Portal, ihr Haus daneben, niedrig und bescheiden, mit seinen kleinen, vom Wind zerrütteten Läden, der vom Regen modrigen Fassade. Neben der Tür der Eichenstamm, auf den er sich gesetzt hat, die Egge an der Wand und, auf dem Kaninchenstall, die zwei schwarzen Mandelbaumstümpfe, die der Keil nicht spalten konnte.

Ihr Blick bleibt an Kornblumen hängen, wegen dem, was darunter steht. Doch als sie die Ansichtskarten überfliegt, entscheidet sie sich schnell und kauft, mit einem Ziehen in der Brust, den Verdon.

Das ist ein großes Ereignis.

Von nun an wartet sie auf den Briefträger.

Er kommt normalerweise nicht bei ihnen vorbei, außer um vielleicht den Prospekt irgendeiner Dünger- oder Maschinenfirma, einen Saatgutkatalog oder die Nachricht vom Steuereinnehmer einzuwerfen.

In der Ölmühle von Valsol ist der Seguin dabei, am Straßenrand neben dem Pfeiler einen abgestorbenen Mandelbaum auszugraben.

Die Abendsonne wirft ihren rötlichen Schein auf die schlanke, reglose Zypresse.

Der Mann hat mit der Hacke und dem Spaten gearbeitet, rundum die dicken, ausgedehnten Wurzeln freigelegt, noch prall vom Saft, der nicht mehr in den vertrockneten Stamm aufsteigen konnte.

Er macht sich mit der Axt ans Werk. Die großen Wurzeln leisten Widerstand. Der Hieb sitzt nicht, prallt von diesen geschmeidigen Gliedern ab.

Olivier kommt zu ihm. Der andere setzt mit lautem Seufzen die Axt ab.

»Ich placke mich ab, weißt du? Die kleinste Anstrengung bringt mich ins Schwitzen. Ach! Es ist nicht mehr wie vor zehn Jahren.«

»Sie werden alt!«

»Man muss es nehmen, wie es kommt. Was mich freut, ist, dass ich die Arbeit in gute Hände übergebe. Da fällt es leichter, sich zur Ruhe zu setzen.«

Er wirkt zufrieden.

»Hast du gesehen, ob gestern mit dem Traktor auf dem großen Feld alles ordentlich gemacht wurde?«

»Die Erde ist recht mager. Man sollte nicht mit Dünger sparen.«

»Was sorgst du dich? Wir werden ausstreuen, was es braucht.«

Er schlägt dem anderen kräftig auf die Schulter.

»Wer wüsste besser als du, dass dein zukünftiger Schwiegervater ein schönes Pölsterchen hat.«

Er fuhr fort:

»Zwischen heut und früher ist kein Vergleich. Du kannst dir vorstellen, dass du einen besseren Start hast als ich. In deinem Alter, als ich geheiratet habe, besaßen wir so gut wie nichts. Ich machte alles mit dem Spaten. Wir lebten schlecht, stillten unseren Hunger öfter mit Zwiebeln, Käseresten, Nüssen oder Vogelbeeren als mit Wurst. Wir kauten lange. Zwanzig-Francs-Stücke bekamen wir nicht oft zu sehen.«

Er lachte so herzhaft, dass sein Bauch in der Stoffschärpe wackelte. Er war ein temperamentvoller Mann, der die besten Jahre hinter sich hatte.

»Weißt du, wie viel ich hatte, am Abend meiner Hochzeit? Fünf Francs.«

Olivier hatte seinen Kragen aufgeknöpft, die Ärmel hochgekrempelt und die Axt erhoben. Feine Erde rieselt in seine Schuhe.

Bei jedem Hieb, den er ausführt, steigt ihm das Blut in den Kopf. Seine Armmuskeln treten hervor, die Venen am Hals schwellen an.

Seguin geht wieder hinein.

Der Postbote, der vorbeikommt, hält an, um Olivier die Zeitung zu geben und einen Brief mit dem Poststempel vom Plateau. Er öffnet ihn. Es ist eine Ansichtskarte des Verdon.

Seine Hände zittern, aber das ist nur die Anstrengung vom Hacken. Dennoch gleitet ein Schatten über sein Gesicht, wie eine Wolke, die über einen Baum hinwegzieht.

Er denkt nach, die Augen auf die Karte gerichtet, die er umdreht und schließlich in die Hosentasche steckt.

Er macht sich wieder ans Werk. Als die letzte Wurzel durchtrennt ist, nimmt er die Karte heraus, die er wieder liest, noch einmal liest und beunruhigt erst in vier, dann in acht Teile zerreißt. Mechanisch und wie von einer hartnäckigen Sorge verfolgt, fährt er fort, sie in immer kleinere Stücke zu zerreißen.

Schließlich, nach ein paar Schritten, wirft er mit ausladender Geste, wie man sät, die Pappschnipsel fort, die sich über das Feld verteilen.

Die Sonne ist hinter den Pinien untergegangen und hat nur etwas graues, enttäuschtes Licht zurückgelassen.

Die Zypresse wird schwarz.

Der Norine war es nicht entgangen.

Die Marie hatte nicht an den guten, schneeweißen, nach frischer Wäsche duftenden Tüchern gespart, während der Fremde hier war.

Sie hatte ihn reichlich bewirtet, war jeden Morgen in den Garten des Onkels gegangen, um frisches Gemüse zu holen und einen Teller der saftigen süßen Muskat-Aprikosen, die in der Küche wie Geißblatt dufteten.

Und die guten Melonen, die sie extra in einem Eimer mit kaltem Wasser kühlte, die grünen Zuckermelonen mit der tief gefurchten Schale, deren Fleisch unter dem Messer schreit.

Die letzten paar Konservendosen mit Trüffeln waren alle für denkwürdige Omeletts dahingegangen, obwohl die Norine eigentlich welche für das Patronatsfest hatte aufheben wollen.

Die Norine hatte die Freude ihrer Tochter bemerkt, den Überschwang ihrer Gefühle, und sie hätte gerne gewusst, ob der Junge ihre Gefühle erwiderte …

Er hatte einen guten Eindruck auf sie gemacht.

Seit der Fremde fort war, ließ die Marie sich gehen, verrichtete nicht mehr ein Viertel der Arbeit, die sie zuvor erledigt hatte.

Die Mutter, die wusste, was sie beschäftigte, übernahm, was sie nicht tat, beendete, was sie liegenließ, beschleunigte, was nicht voranging.

Andere, quälende Gedanken ließen der Norine keine Ruhe: War er jemandem versprochen? Schönen Männern wie diesen laufen die Frauen hinterher …

Auf jeden Fall musste er begriffen haben, dass das Mädchen einen Narren an ihm gefressen hatte.

Wie würde das enden?

Norine seufzte. Manchmal vergaß sie, die Hühner herauszulassen, oder salzte zwei Mal die Suppe.

Es war Feiertag in Moustiers.

Die köstliche Nacht spendet ihren Kuss.

Zwei Eulen halten Zwiesprache. Aus den Ackerfurchen tropft der Klang, rein wie die Nacht und so zart, dass man die Ohren spitzen muss, um ihn wahrzunehmen. Unter dem Weiß der Konstellationen glimmen die Hügelfeuer. Wetterleuchten blinkt lautlos in der Ferne.

Dort oben auf der großen, mit Himmelsstaub bestreuten Straße zerplatzen Trauben von Sternen.

Es tut gut, zu atmen, zu riechen und zu gehen. Während sie laufen, eilt ihnen die Luft entgegen. Man hört die Bäume seufzen. Es ist, als würde man den blauen Körper der Nacht in sich aufsaugen.

Die Luce, die Norine und die Marie kürzen den Weg über eine Wiese ab. Ihre Schritte zischen durchs Gras wie die Sense beim Mähen.

Man erkennt dort, wo die Dunkelheit noch schwärzer ist, die ruhenden Schafe an ihren Augen, die wie Lampen funkeln.

Bei Les Grenouillers riecht es nach Gras, Kresse, fauligen Blättern, nackter Erde. Wasser glänzt in Pfützen hier und da, und man hört es platschen, gluckern.

Die Nacht ist erfüllt vom Quaken der Laubfrösche.

Die Luce kennt den Weg, die Namen der Fluren und Höfe, an denen sie vorbeikommen. Dort, diese Brücke, jene vertrocknete Ruine, im Mondschein zwischen Steinen und Pappeln, die auch vertrocknen werden. Etwas weiter weg das alte Kloster mit den verfallenen Steinrosetten, auf deren blauem Kirchenglas die Sterne funkeln.

Die Norine und die Marie tragen abwechselnd den Korb.

Diese hört nicht auf das leise, gleichförmige Murmeln der beiden Frauen. In ihren weit zum Himmel geöffneten Pupillen spiegeln sich Millionen Fackeln.

Sie verehrt den Mond. Früher, wenn der Ofen nicht angehen wollte, sagte ihre Großmutter, während sie die qualmenden Scheite aus dem Feuer zog: »Diese Eiche wurde beim falschen Mond gefällt.« Auch für die Aussaat muss man mit Frau Luna rechnen, auf jene vertrauen, die lautlos über den Weg, der keine Grenzen hat, zieht, auf die alten Dächer ihre prächtigen Haare breitet, die nackten Füße in der Quelle badet, ihr Kleid zwischen die erbleichenden Zypressen hängt, sich rundet und schwer wird, den Körper der Frau lenkt, ihr Blut, ihre Leidenschaften.

Bei jedem neuen Mond, wenn die anmutige Sichel zwischen den schlanken Hörnern die gleiche Menge blauen Schattens enthält, entfacht die Bewegung des Blutes in der Frau das Verlangen, zu lieben. Es macht sich bemerkbar wie Hunger oder Durst.

Die Marie weiß um dieses große und schreckliche Geheimnis. Niemand hat es ihr ins Ohr geflüstert. Es schlummert in ihr, kontrolliert, mächtig. Ihre Liebe schlägt in jenen regelmäßig wiederkehrenden Perioden rastlos mit den Flügeln. Es gelingt ihr nicht, dieses Gefühl zu beruhigen, zu betäuben. Es spricht laut und herrisch, unterwirft sie, biegt sie wie der Wind die Weide oder das Schilf. Sie liebt dieses Joch. In manchen, viel zu kurzen Momenten sieht sie plötzlich klar und deutlich Oliviers Züge vor sich. Da ist sein Lächeln, sein Mund, sein Blick, der sie streift wie eine Berührung, und sie unterdrückt voller Wonne ein Stöhnen …

Daran denkt die Marie im Rhythmus ihrer Schritte. Sie betrachtet Frau Luna, erweist ihr die Ehre, macht ihr, dort oben, ein Zeichen, ein Kreuz, wenn es nicht doch eher ein Kuss ist.

Nach einer Kehre: Moustiers ganz nah unter seinem Bollwerk schwarzer Felsen, die zum Fest mit Lichtern geschmückt sind. In der Undurchdringlichkeit des Granits wirken die Lampions wie falsche Sterne.

Ein Scheinwerfer strahlt die Kapelle weiß an. Bei diesem Anblick beginnt die Luce vor Frömmigkeit zu glühen. Sie bekreuzigt sich, trocknet ihre Augen.

Die scharfkantigen Klippen dort oben zerreißen den Busen der Nacht.

Sie bewegen sich im Strom der Pilger über die breiten Stufen aus glatten, in Jahrhunderten der Wallfahrt polierten Steinen.

Der Weg ist beschwerlich. Die Luce klagt weder über Müdigkeit noch über ihre Hühneraugen.

Wasserfälle sprudeln hier und da. Es riecht nach dichter Vegetation, eiskaltem Sprühnebel.

Während sie die steilen Serpentinen hinaufsteigen, sieht es aus, als würde der Mond hinter den Felsen kommen und gehen, dicht über ihre Zinnen streifen, verschwinden, wieder auftauchen, sich in einer schmalen Kerbe verfangen, wo er plötzlich heller wirkt, so eingefasst in diese schwarze Umrandung. Für einen Moment schwebt er exakt über der Spitze einer hohen Zypresse, die sich vor der hellen Bresche abhebt und auf das Gestirn zu deuten scheint, oder sich zu ihm hochreckt, oder es erobert hat oder es triumphierend trägt wie ein stolzer Sockel.

Nach der Frühmesse gehen sie wieder von der Kapelle hinunter.

Blaue Nebel verwischen die Grenzen des fernen Horizonts, die alten Oliventerrassen im Schutz der nahen Felsen.

Die Luft schmeckt gut. Die Marie hätte sich ihren kühlen Lippen gerne nackt hingegeben.

Sie beachtet die Landschaft nicht: In ihr beginnt die Freude zu sprudeln, laut, tosend wie das Echo der stürmischen Wasser, die durch die schwarzen Schluchten springen und schäumen, hie und da verborgen unter dichtem, prächtigem Blattwerk: großen Farnen mit schwungvollen Wedeln, riesigem Efeu, dessen Wurzeln wie Seile in die Tiefe ragen, lang herabhängenden Zweigen, Holunderbüschen mit glänzenden Dolden, vermischt mit Feigen und Brombeerranken, festem, hundertjährigem Buchs, dessen Äste immer wieder vom harten Aufprall des Wassers geschüttelt werden wie von heftigem Wind.

Marie fühlt sich von einem Schwung fortgetragen und hätte ihre Mutter und Luce längst überholt, wenn sie sich nicht gezwungen hätte, ihren Schritt dem der beiden Frauen anzupassen.

An diesem Morgen, denkt sie, könnte sie bis ans Ende der Welt laufen.

Die Flügel mit der weißen Zeichnung ausgebreitet, schwingt sich ein morgentrunkenes Adlerpaar auf und dreht dort oben, jenseits der unerreichbaren Felsen, seine Kreise im rosafarbenen Himmel.

Bevor sie ins Dorf zurückkehren, essen sie im spärlichen Schatten eines Olivenbaums auf dem hellen Gestein ihren Proviant aus hartgekochten Eiern und schwarzen Oliven.

Von ihrem Lagerplatz aus hat man einen guten Blick auf Notre-Dame-d'Entre-Roches und die Kette, die über die Klamm hinweg, durch die der Wildbach fließt, die beiden granitenen Steilwände verbindet und in deren Mitte, in der Sonne funkelnd, ein fünfzackiger Stern hängt.

Die Marie betrachtete die Kette dort oben und dachte an zwei alte Burgen, die einander damals wie Adlerhorste auf den schroffen Felsen gegenüberlagen, getrennt durch die finstere Kluft. Zwei junge Menschen, die die Liebe gleich einer Kette aneinanderfesselte. Zwischen ihren Herzen reißt der Väter Hass, hart wie Stein, seinen jähen Abgrund auf. Die Liebenden setzen ihrem Leben ein Ende, indem sie sich von den Felsen stürzen. Die reuigen, im Schmerz vereinten Eltern wollten die beiden Schrofen durch eine Kette verbinden, mit einem Stern in der Mitte, als Symbol für die Gefühle der beiden Kinder, die in der Ewigkeit zu einer einzigen Flamme verschmelzen …

Sie gehen durch das obere Dorf hinunter, durch verlassene Viertel, deren Häuser größtenteils Ruinen sind.

In den alten Straßen, die sich unter Rundbögen schlängeln, schwitzen die bemoosten, bröckeligen schwarzen Steine einen dumpfen Modergeruch aus.

Sie sind vor einem Schaufenster stehengeblieben, um sich die alten Fayencen anzusehen. Die geringste Kleinigkeit ist unerschwinglich: ein Teller, zehn Francs.

Sie kennen die Keramik der Gegend gut, die wie Silber klingt. Der Onkel Moisson hat ihnen oft davon erzählt.

Sie wissen, dass den ersten Töpfern von Moustiers eine schöne Glasur gelang, so weiß wie die Morgennebel, die sich im Frühling und Herbst zwischen den blauen Hügeln des zauberischen Horizonts erstrecken, diesen jungfräulichen, ganz von Licht durchdrungenen Göttinnen.

Die guten Handwerker, deren Seelen erleuchtet waren, wollten zunächst den heimatlichen Himmel preisen und verzierten ihre Stücke ausschließlich mit Blau, Blaumalerei.

Dem Blau allein gebührte die Ehre.

Nicht nur dem der hohen, blanken Kuppel, sondern auch jenem, das weiter zur Erde sinkt, die Hügel tränkt, die Tiefen der Landschaft mit Jugend und Frische benetzt.

Später verwendeten sie auch Gelb: ein feiner Strich am Rand der wie von Kinderhand dekorierten Teller, Vasen, Kruzifixe. Denn das Gelb verdient es, im Blau zu strahlen wie die Sonne am Himmel. Schließlich benutzen sie alle Farben in verschwenderischer Fülle, die ganze Pracht herrlicher Abenddämmerungen: das frische, satte Grün sonnenbeschienener Blätter mit warmen Lichttupfen; leuchtendes Gold, prächtige Rohseide, alles, was glänzt, glüht, funkelt; reiches Ocker in tiefem Violett, Blautöne, so unergründlich wie das grenzenlose Himmelsgewölbe …

Die abschüssigen Gassen waren voller Menschen.

Es begann schwül zu werden. Ein drückendes Wetter. Weiße Wolken heizten die Atmosphäre auf.

»Die Sonne brennt!«

»Das wird noch ein Gewitter geben.«

Die Luce, die Norine und die Marie hatten das Gasthaus betreten, um eine Limonade zu trinken.

Man bekam keine Luft. Ein Hund ließ, auf den Fußbodenkacheln ausgestreckt, seine Zunge heraushängen.

Das titanische Felsenchaos war schwarz.

Mit einem Mal erhob sich die Brise, die dem Regen vorausgeht. Man schien das bisschen Wind zu trinken wie kühles Wasser.

Dicke Tropfen klatschen auf die durstige Erde. Sie trinkt gierig, verströmt den intensiven Geruch ihrer Blöße. Der Regen prasselt in den Maulbeerbäumen.

Dort oben kracht es. Es leuchtet. Der Himmelsdom zerreißt von oben bis unten und lässt das tintenschwarze Gesicht des Gewitters erbleichen.

Kaum hat man bis drei gezählt, explodiert der Donner.

»Das ist in der Nähe eingeschlagen!«

Ein Donner folgt dem nächsten, überlagert ihn. Es ist, als würde der Berg einstürzen.

Man sieht nichts mehr in der überfüllten Gaststätte, in der eine erstickende Hitze wie in einer Waschküche herrscht. Blitze erleuchten blau die verschwitzten, verzerrten Gesichter.

Draußen rennen Leute, rempeln sich an. Die Marie betrachtet amüsiert all die Gehetzten, die das Wasser fürchten.

Plötzlich stützte sie sich an die Wand. Alles schien sich zu drehen. In ihren Ohren rauschte es wie der Wind im Gehölz … Niemand bemerkte ihr Unwohlsein.

Ein Paar, mitten in der Menge, war gerade auf der Straße vorbeigelaufen, mit den großen, geschmeidigen Schritten kräftiger junger Menschen. Sie, ein hübsches Mädchen, hatte sich unter seinen rechten Arm geschmiegt. Sie lachte. Das Strahlen des schönen Lachens ließ Maries Herz in sternenloser Nacht versinken.

Sie liefen durch das Gewitter, das ihnen erlaubte, sich mitten unter den Leuten eng zu umschlingen, in den erstbesten Durchgang zu schlüpfen, irgendeinen dunklen, einsamen Winkel.

Die Marie hört nicht mehr, was um sie herum gesagt wird, auch nicht das Klatschen der Wassermassen, die aus den Wolken niederstürzen, oder das Donnergrollen.

Sie folgt ihnen in Gedanken, sieht, wie sich ihre Lippen finden, und das Gefühl, das die beiden erfüllt, durchbohrt sie, der Traum, dem sie sich hingeben, raubt ihr die Sinne, auf ihren Lippen hat sie den Geschmack eines Kusses, der nicht vergeht.

Angstschweiß perlt auf ihrer Stirn.

Durch ihre rötliche Farbe unterscheidet sich die Hagelwolke von den anderen. Man zeigt sie sich. Man hört sie brausen wie den Wind, wie einen angeschwollenen Fluss.

Der Hagel fällt. Es ist, als würde das Haus mit Steinen beworfen.

Klack! Eine Scheibe, zwei Scheiben zerspringen. Die Scherben klirren. Der Regen dringt ein. Die Luft erstürmt den miefigen Raum. Ihre Flügel breiten sich aus wie ein Duft, tätscheln feuchte Wangen, die sich gern von ihr streicheln lassen. Man atmet wieder.

Hagelkörner springen über den Fußboden.

Der Blitz, eine Feuerkugel, groß wie ein Ballon vom Jahrmarkt, kam lautlos, strahlend. Er hängt hier draußen, über der Tür, im trüben Licht und zieht alle Blicke auf sich. Niemand atmet mehr. In dem Gasthaus ist es still wie in einer Gruft.

Ein Knall! Sprühende Lichtgarben! Die Mauern zittern.

Einige Alte bekreuzigen sich. Eine Frau stößt einen Schrei aus.

Man legt sie auf drei Stühle.

»Essig!«

»Das bringt nichts!«

»Reibt sie.«

»Es sind nur die Nerven.«

»Lockert ihr Mieder.«

»Sie kommt wieder zu sich …«

»Lindentee!«

Das Stimmengewirr ist zurückgekehrt, gedämpft wie Wasserrauschen unter einer Brücke.

»Wie nah er war!«

»Was für ein Knall!«

»Bei meiner Seel!«

»Ist das der Donner?«

»Hagelkörner wie junge Mandeln.«

»Niemandem ist etwas passiert!«

»Wir sind heil davongekommen.«

»Wer ist diese Frau, die umgekippt ist?«

»Eine aus Focalquier.«

»Ein Wunder!«

»Wir sollten eine Kerze anzünden.«

»Gegrüßet seist du, Maria, voll der Gnade …«

Die Straße ist ein rauschender gelber Fluss, der abgerissene Blätter und Zweige mit sich führt. Das Wasser bedeckt zwei Stufen, dringt gegenüber in die Schuppen.

Die Marie hat sich nicht gerührt. Noch immer an die Wand gelehnt, weidet sie sich an ihrem Leid, höhlt sich innerlich aus …

Die Wahrheit ist da, ganz nah, greifbar, und kalt wie ein Toter.

Der Herbst verging, der die toten Stoppeln in feuchte, fette Krume verwandelt; der Eberesche ihr letztes Prachtgewand anlegt, strahlend wie eine Illusion; den beißenden Rauch der Feuer an den steilen Böschungen ausbreitet und hie und da schwarze, mit weißer Asche überpuderte Flechten hinterlässt, die nagend um sich greifen; bei nebligem Wetter die Herden auf der Straße mit den frisch ergrünten Rändern nach Arles zurückbringt; den Schrei der Drosseln über die Wachholderheide schickt, wo der Wind zu wehklagen beginnt; in den Talsohlen das blasse Gold der hohen Pappeln wie Feuer speit.

Die Elstern fressen sich voll mit reifen Feigen. Das Mutterschaf wittert den zarten Duft der Disteln, die seine Augen nicht von den runden, von Flechten oder Dreck geschwärzten Kieseln unterscheiden können.

Am dünneren und schlafferen Zweig des Weinstocks auf den Sonnenhängen sind die Trauben dunkel geworden.

Die Keller riechen nach Most. Man keltert Krüge voll Saft. Die Kinder stürzen sich darauf wie die Bienen, trinken von den tönernen Lippen der bauchigen Gefäße.

Die Marie war menschenscheu geworden.

Sie machte keine Besorgungen mehr und ging auch nicht zur Pumpe auf dem Platz, sondern zog lieber im Hof von der Luce das Wasser aus dem Brunnen. Das Wasser ist schrecklich niedrig.

Die Norine hört die Kette kreischen. Das fährt ihr durch Mark und Bein, dieses Quietschen: Niemand geht mehr zu dem Brunnen, außer wenn die Pumpe repariert wird. Die Luce selbst findet es weniger mühsam, die Pumpe zu benutzen.

»Marie, sag, gehst du nicht zur Pumpe?«, wagte sie zu fragen.

Sie fügte hinzu:

»Wie sieht das denn aus? Die Leute finden das komisch, weißt du.«

»Hier ist es näher. Und außerdem weht auf dem Platz so ein unseliger Wind.«

Zur Feier des Schutzpatrons wollte sie sich nicht umziehen und hat sich auf dem grünen Festplatz nicht blicken lassen.

Die Fine, ganz klebrig von den Minzbonbons, war zu ihr ins Zimmer gekommen. Was sie interessierte, war das Karussell, sie wollte, dass ihre Schwester sie auf dem Pferd reiten ließ, das sich an der Stange auf und ab bewegt.

Doch die hatte das kleine Mädchen grob am Arm gepackt und in die Stiege zurückgeschoben.

Die Fine ließ es sich gesagt sein und dachte dabei, dass die Marie nicht mehr wie früher war. Das verdarb ihr die Freude.

… Während sie am Abend vor der Tür frische Luft schnappte, war die wogende Farandole der jungen Leute, deren hitziges Temperament von der Musik im Zaum gehalten wird, an der Ecke zu ihrer Straße aufgetaucht.

Überrascht hatte sich die Marie ins Haus geflüchtet.

Viele sagten: »Die Marie von der Norine ist nicht glücklich. Sie hat etwas …«

Die Norine wusste Bescheid, da sie nach Valsol gegangen war, um sich zu erkundigen. Es war, wie sie erwartet hatte: Man sagte ihr, der Roure sei vergeben. Die einzige Tochter des Hauses, bei dem er verdingt ist, die Irène, findet Gefallen an ihm. Sie sollen heiraten, zeigen sich überall. Von allen Mädchen aus Valsol, das für die Schönheit seiner Töchter berühmt ist, gilt die Irène Seguin als die schönste … Und sie ist reich. Die Seguins, denen es schon vor dem Krieg gutging, haben seitdem viel Geld mit Herden verdient, ihren Besitz erweitert, sich etliche Maschinen zugelegt. Das Mädchen wird eine stolze Mitgift haben.

Der Costant wurde ins Bild gesetzt.

Die Freude darüber, dass er sein großes Stück Land umgepflügt, urbar gemacht, mit schönem Korn eingesät hatte, war ihm verdorben. Er fühlte sich ganz verzagt.

Eine schwarze Wolke war an ihrem Horizont aufgetaucht.

Der Winter kam mit seinen schmutzigen Tagen, seinen Nebeln, die den Horizont verengen.

Der Winter, der das Bollwerk der heroischen Alpen und den langen Rücken des Mont Lure in funkelnden Schnee kleidet.

In den Eichen, die ihre vertrockneten Blätter nicht abgeworfen haben, raschelt der Wind.

Das Elsternest schaukelt in den nackten Bäumen.

Im Tal, bei den Wiesen der Grenouillers, hat die doppelte Weide ihren weichen Schopf verloren. Sie reckt nur zwei schwarze, mit schrecklichen Stümpfen besetzte Arme über den fahlen, erstarrten Kadaver des Baches.

Nachts bellen die Hunde an den Mündungen der alten Straßen Stunden und Stunden den heulenden Wind an.

Februar führte seine niedrigen Wolken spazieren, die die schwangeren Furchen mästen, die struppigen Kronen der Mandelbäume schwellen lassen, die dicken rötlichen Knospen der Maronen verkleben, die grünen Oliven-, Lorbeer- und Pinienzweige auf Hochglanz polieren.

Februar, der die liebestollen Füchse auf der Spur eines läufigen Weibchens in der eisigen Nacht durch Wiesen, Täler und Gehölze scheucht; die Tränen der Rebe unter ihren rosasamtenen Knospen gefrieren lässt; die Ställe wieder öffnet, die man ausputzt und aus denen man mit vollen Kippkarren, im beißenden Ammoniakgestank, den Mist für die Wiesen holt; der auf den von wärmeren Strahlen beschienenen Feldern die Zusammenkünfte der Elsternbanden ausrichtet und ihre Hochzeiten arrangiert; von Süden den freudigen Strom des Zugwindes bringt, der rauscht und in den Ohren pfeift und wie ein Bach über Haut und Borken rinnt.

Der Zugwind, der nach Feuchtigkeit riecht, den Horizont mit Dunst überpudert, die jungen Triebe mit Reif; der am

Morgen jene weißen Schwaden zurücklässt, die für die Augen undurchdringlich sind, jedoch der Neun-Uhr-Sonne nicht länger standhalten als ein Spinnennetz.

Der Zugwind, der endlich einem feinen Regen weicht, welcher unter seinen trüben Schleiern das neue Leben vorantreibt.

Februar, der Honigmandelkuchen und Crêpes liebt und trotz allen Eises dem mit Kohle bemalten, in Lumpen gehüllten, fröhlichen Karneval den Vorrang lässt.

Jetzt gehen die Frauen an den Böschungen Ackersalat und die bittere Wegwarte pflücken, mit der sie eine reinigende Frühjahrskur machen.

Der März war streng und vernichtete die ersten Blätter, die meinten, sie könnten sich schon in einem warmen Strahl entfalten.

Der Mistral weitete den Horizont, färbte das Firmament blau, schärfte die Konturen der Berge, die näher wirkten und deren bildhauerische Details in kristallblauer Luft erstaunlich klar hervortraten: die kahlen Felsen, die Einkerbungen, die Geröllfelder, auf denen jeder Stein zu erkennen ist, die Steilhänge mit ihren Furchen, ihrem in den Granit gemeißelten und mit schwarzem Schatten gefüllten Faltenwurf.

Die Lure-Kette ist kalt und hart. Hart und eisenfarben. Ihr Grat zerschneidet den Himmel. Der raspelnde Wind hat den blauen Schleier fortgerissen. Sie runzelt ihre Steinfalten, sträubt ihre Wirbel, zeigt ihre dürre Ödnis, ihre karge Vegetation, die wie das spärliche Haar einer Alten ist.

Die Marie kann nicht mehr schlafen, trotz der großen Schale Lindentee mit Orangenblütenwasser, die die Norine ihr jeden Abend zubereitet.

Sie hört es zur vollen und zur halben Stunde schlagen, lauscht den Hähnen, die, vom milden Wetter getäuscht, die ganze Nacht hindurch krähen; dreht und wendet sich im Bett, ohne die richtige Position zu finden, mal auf den Bauch, mal auf den Rücken, legt das Kissen weg, nimmt es wieder, entzündet, löscht und entzündet erneut die Kerze; setzt sich hin oder stützt sich auf den Ellbogen, um wieder und wieder dieselben Gedanken zu wälzen, die brennen wie Wunden, dieselbe Enttäuschung wiederzukäuen oder dem Wind zuzuhören.

Es kommt, man weiß nicht, woher, doch nicht von weit. Es klingt nicht zornig, eher wie eine gewöhnliche Unterhaltung zwischen Leuten, die über dieses und jenes plaudern. Ab und zu scheinen alle durcheinander zu reden. Stille. Niemand hat mehr etwas zu sagen. Plötzlich geht es wieder los, eine einzelne Stimme oder mehrere auf einmal …

Oben auf dem Speicher verstohlen geöffnete oder geschlossene Türen, Schritte, Getrappel. Man hört geschäftiges Treiben. Als würde der Dachboden ausgeräumt.

Das Laken bis über die Ohren gezogen, vergräbt sich die Marie im Bett, rollt sich zusammen, auf die Seite gekauert mit angezogenen Beinen, die Hände unter die Achseln geklemmt.

Unmöglich, denkt sie und wagt dabei nicht, sich zu rühren, unmöglich, dass der Wind oder die Ratten einen solchen Radau veranstalten …

Pfeile zischten vorbei, übers Dach. Die Läden erzitterten. Sie ebenso, als der Wind unten im Schuppen mit Glöckchengeklingel das Zaumzeug von der Wand riss. Die Scheiben bebten. Das Haus wurde wütend angegriffen. Es schien zu schwanken wie das Elsternest in der Pappel.

Es gab kleine Pausen, zwischen denen der Mistral wie ein Stier brüllte, wie der Verdon bei Hochwasser tobte. Er ist der körperlose Feind, den man nicht sieht, der aber zischt wie eine Schlange, die schon recht große junge Mandeln erfrieren lässt, die Kinder reizt, die Menschen in die Häuser sperrt.

Sie wird von den Böen hin und her geworfen. Der Strom des Windes spült sie mit sich fort wie eine von ihrem Ufer gerissene Weide.

Es schien ihr, als würden Halunken, verborgen hinter den klappernden Türen, die in dem vom Mond beschienenen Zimmer schwarze Rechtecke bildeten, sich heimlich vereinbarte Laute zurufen: pss … pss … psstt … Sie fürchtete, dass etwas passieren würde. Wer wusste schon, was? Eine alte Mauer, die unter Höllenlärm einstürzt, ein Brand, ein Landstreicher, einer dieser zerlumpten Galgenvögel, die man am Morgen aus den Heuschobern schlüpfen sieht, zusammengesackt auf einem Stein …

Hunderte düstere Gedanken trieben sie um, wenn die Windvögel mit einem dumpfen Geräusch, einem tonlosen Röcheln gegen die Mauern ihres Hauses klatschten …

Man kann nicht über Gefühle sprechen wie über das Wetter oder die Mandeln.

»Costant, hör mir zu. Kannst du nicht die Marie ein bisschen zur Vernunft bringen? Sie hat sich verändert. Sie grübelt.«

»Man sieht, dass sie irgendwas ausbrütet.«

»Redest du mit ihr?«

Der Costant kneift die Augen zusammen, lässt seine Fingerknöchel knacken. Er denkt, dass es leichter wäre, zwanzig Sack Korn nach oben zu tragen, als diese Sache anzusprechen, unter vier Augen mit der Marie.

»Es ist schwierig, über solche Dinge zu reden.«

»Das stimmt. Vor allem, weil sie selbst uns nie etwas gesagt hat. Sie verschließt sich.«

»Das ist das Schlimmste … Und wenn stattdessen du mit ihr reden würdest?«

Der Abendwind schüttelt den Maulbeerbaum. Es ist nicht kalt.

Riesig, rund, erklimmt der Mond den Hügelrücken, reckt sich, steigt auf. Da bitte. Jetzt steht er am Himmel. Sein Licht rinnt in die Schlucht.

Die Nacht ist blau. Ihre Blöße ist mit Sternen geschmückt. Vom Wipfel der Akazie fließt die Stimme der Nachtigall. Welch schöner Quell!

Der Moisson hat erraten, dass die Marie hinter dem Fenster steht. Er winkt ihr.

»Marie! He, Marie!«

Sie denkt:

Was will der Onkel wohl von mir? Sie geht zu ihm, abseits der Häuser.

»Lässt du dich etwa gehen wie ein toter Ast, der vom Wasser hin und her geworfen wird? Hast du so wenig Mumm? Wie sieht das denn aus?«

Eine Fledermaus flattert aus der Scheune auf, ungeschickt, erschrocken, mit jähen Schwüngen.

»Der Mistral, Teufel auch, reißt nicht alles mit sich fort. Wenn er aufhört zu brüllen, richten sich die Halme, die er niedergedrückt hat, wieder auf. Du weißt es doch besser … Irgendwann wird alles gut. Mit der Zeit kommt man auf andere Gedanken. Jetzt bist du durcheinander … Wenn ein Mann die Gefühle einer Frau erwidert, dann versteht man, dass sie ihn unbedingt haben will, gegen alle Widerstände und Hindernisse.«

Der Onkel hatte die Marie am Arm gefasst, hatte sie gezwungen, sich neben ihn zu setzen, unter den Feigenbaum, auf den kaputten Steintrog.

Sie hielt ihre Tränen nicht mehr zurück.

»Aber wenn er sie ablehnt, pff … pff … da muss man stolz sein. Und Hopp! Sich ebenfalls abwenden. Eine wie du findet schon was Neues. Du bist auf ein böses Kraut getreten. Du weißt nicht mehr, wo du stehst, noch was du tust!«

Er fuhr fort:

»Versetz dich mal in andere. Denke an die, die schlechter dran sind. Du willst dich beschweren? Ich sollte jammern. Ich gehe auf die achtzig zu. Glaubst du, das macht Spaß? Ich bin nicht krank, wohl wahr, und mein Körper gehorcht mir noch.«

Er reckte mühelos seine noch immer geschmeidige Taille.

»Aber ich kann eines Morgens aufwachen, gelähmt, halb verblödet und mit lallender Zunge, weil mich der Schlag getroffen hat. Die Alten, die sich nicht mehr bewegen können und monatelang im Bett vor sich hin siechen, ist das ein Leben? Ach, wenn ich noch mal so alt wäre wie du ...«

Sein Bedauern verhallte wie eine Klage im Wind.

Die Marie sagte sich, dass der Onkel recht hatte. Sie selbst rief sich oft mit ganz ähnlichen Worten zur Vernunft.

Nur dass sich diese Sache nicht erledigen lässt wie das Ausholzen der Mandelbäume: Es kehrt zyklisch wieder.

Sie kann nichts dagegen tun, insgeheim immer wieder an die Liebe zwischen ihr und Olivier zu denken, genau wie die Pflanze nicht anders kann, als zu wachsen, sich zum Licht zu strecken, wie das Efeu nicht anders kann, als sich an die Eiche zu klammern. Ein Mal im Monat könnte sie vor Freude platzen. Es kommt ihr vor, als wäre es wieder wie zuvor. Die Dinge, die in der Zwischenzeit passiert sind, erscheinen ihr bedeutungslos. Ist dieser Moment dann vorbei, fällt sie erneut zurück, entmutigt, mit einer langen Schleppe schwarzer Gedanken, die ihr folgen wie ein Schwarm Todesvögel.

Das Schlimmste ist, dass sie sich in dem, was sie innerlich aushöhlt, gefällt. Und selbst wenn es ein Fluch wäre oder sie auf ein böses Kraut getreten wäre. Sie begreift das Leben nur so.

Allein für die Befriedigung existieren, eine möglichst reiche Ernte in die Scheune einzufahren, schmutzige Scheine zu zählen, sich auszurechnen, wie viel der letzte Kaninchenwurf einbringen wird, ist das denn ein Leben?

Sie begreift nur die zügellose Liebe: wie der Wind, der in die Eiche fährt, die unter ihm zittert und singt, oder wie ein Wildwasser der Asse, in das sie nackt eintaucht und das ihr den Atem verschlägt, an ihren Brüsten zerrt, aber ihre Haut zum Prickeln und ihr Blut zum Kochen bringt.

Also, fragt sie sich, sind die beiden aus Valsol nun eigentlich verheiratet oder nicht?

Doch das spielt keine Rolle. Sie pfeift auf ihre Hochzeit. Sie allein ist die Braut. Olivier legt sich zu ihr ins Bett. Jede Nacht drückt er sie an sich. Sie kennt den Geschmack seiner glühenden Lippen und labt sich daran …

Blanker Himmel. Ein heller Wind tönt. In den Schluchten und abgelegenen Gehölzen grollt und donnert er.

An diesem Morgen machten sie das große Bett und zogen das Laken über der Matratze straff.

Sie sprachen nicht miteinander.

Mit einer müden Geste reichte die Marie die Decken weiter, die hinter ihr über zwei aneinander gerückten Stühlen hingen. Das Licht fiel auf ihr Gesicht. Ihr Herz war schwer wie ein Stein.

Die Norine sah, wie sich die schönen Augen plötzlich verdüsterten, gleich dem Lavendelhang, wenn ein Gewitter aufzieht.

Ein Ausdruck, der ihr durch und durch ging.

Mit einem Satz war sie bei ihrer Kleinen, als hätte sie geschrien.

Die schrak auf, griff rasch nach einem Kissen. Die Mutter hielt sie in ihren Armen und drückte sie stumm an sich.

Sie tranken ihre vermengten, salzigen Tränen.

Nicht immer ist der Schlaf ein warmes Bad, in dem man sich vom Schmutz seiner Erschöpfung und Sorgen reinigt. Es gibt den schlechten Schlaf, der erschöpft, Geist und Körper ver-unreinigt.

Der einem Abgrund gleicht, in den man stürzt und von dem man verzweifelt und schweißgebadet wieder ausgespuckt wird ...

Der Morgen ist schön.

Ein Bienenschwarm rauscht als fröhlicher Wildbach heran, mit übermütigem Brausen. Die Luft vibriert. Das Summen erfüllt den Raum. Die Wolke wogt vor dem Fenster, schattiert die Mauer gegenüber. Die Musik verklingt.

Unter dem Fenster schleift jemand eine Sense.

Der dicke silbrige Ast eines Nussbaums mit jungen Trie-ben und Kätzchen streift den steinernen Sims. Zart, von Licht umschmeichelt, wiegen sie sich vor Wonne in der frischen Brise.

Frisch ist auch die Schulter des ganz in Blau gekleideten Hügels im Hintergrund.

Sie dagegen fühlt sich sacht, ohne Stöße, wie ein kraftloses gefallenes Blatt, zurückgedrängt, weit weg, auf die dem Früh-ling abgewandte Seite.

Etwas stimmte nicht.

Aus Gewohnheit fährt sie sich einmal und noch einmal mit der Hand über die Stirn, wie um etwas fortzuwischen.

Sie fühlt sich von einer eigentümlichen Krankheit befallen. Zuerst verbirgt sie es. Sie schämt sich, darüber zu sprechen, als würde sie sich nackt zeigen. Selbst vor ihrer Mutter. Schließlich tut ihr nichts weh, nur der Kopf ein bisschen, doch das kommt daher, dass sie nicht genug schläft und immer wieder an dieselben Gedanken stößt gleich dem Maultier, das sich im dunklen Stall langweilt und mit dem Huf ständig auf dieselbe Stelle stampft.

Sie hätte gewünscht, ihre Sorge würde sich auf ein Körperteil richten, würde, wie es manchmal geschieht, eine Schwellung, einen Ausschlag oder Eiter hervorrufen. Das wäre eine gute Ablenkung. Doch zu ihrem Unglück ist ihr Körper vom Kopf bis zu den Zehenspitzen gesund, frisch und strahlend wie ein Quell.

Die Nerven setzen ihr zu.

Sie fürchtet, dass es gegen eine Krankheit wie die ihre kein Mittel gibt. Gegen alle anderen gibt es ein Kraut: eines gegen Schmerzen, das man zerstampft und als Umschlag auf die peinigende Stelle legt; blutreinigende Mittel bei Entzündungen; Pflanzen für die Augen, für die Leber, gegen Schüttelfrost.

Wer weiß, ob es nicht an den Wegen oder auf dem Hügel ein Kraut gegen das Herzweh gibt, das einem den Schlaf raubt, einen Faser für Faser vom Leben abtrennt, wie der Wind, der an einem Baum rüttelt und ihn aus der Erde löst. Wer weiß, vielleicht hatte der liebe Gott hierfür ein Kraut ausgesät, das nur niemand kannte …

Tagsüber ging es noch einigermaßen. Aber in der Nacht.

Der Gedanke, der ihr das Gehirn zermarterte, war wie einer dieser Vögel, die man manchmal in den zerfallenen Steinhütten findet und deren Köpfe, runde Augen und Krallen an Katzen erinnern. Er hockt da, träge, ganz benommen von der hellen Sonne.

Nachts erwacht er gestärkt und mit einem Blick, stechend wie Nadeln. Man weiß nicht, wo er fliegt; sein Flug ist wie Watte, geräuschlos. Dann die Schreie erbeuteter Vögel. Der Tod. Genau so fühlte es sich an.

Und immer dieser Wind. Ein Wind, der kirre macht. Bleischwer, betäubt.

Der Platz ist wie ausgestorben. Niemand da, nur wenige eilen vorbei. Erbärmlich frierende Hunde, die aussehen wie geprügelt, drücken sich mit eingezogenem Schwanz an den Mauern entlang. Die verrammelten Häuser haben nichts Einladendes. Die Frauen hüllen ihre Köpfe in Schals. Verblichen das Rosa auf den Wangen der steifgefrorenen Mädchen, die nicht an der einsamen Pumpe verweilen.

Der Platz? Da geht sie fast gar nicht mehr hin.

Sie mag ihre Straße nicht mehr sehen. Keine Katze lässt sich blicken.

Wenn jemand einbiegt, so geht sie, scheinbar ohne Eile, ins Haus.

Die alten Schuppen mit ihren schwarzen Dächern, ihren verriegelten Türen, den schmalen Luken wirken mürrisch.

Selbst wenn es schön ist, der Himmel klar, ist sie nicht froh. Es ist wie das, was da drüben, hinter dem Hügel von Aiguines aufsteigt, diese kugeligen, fetten schwarzen Wolken, die sich aufblähen, voranschieben, den ganzen Himmel verschmutzen.

Auch sie hatte das Gefühl, dass etwas in ihr anschwoll, etwas, das schwärzer wurde, ihr in die Kehle stieg, als Schluchzer hervorbrach.

Ein blendender Mistral. Alle zwei Minuten schlägt der Laden am Dachfenster.

Im Schutz der Mauer, im kleinen, sonnigen Hof des Moisson bibbert der junge Mandelbaum.

Fröstelnd hat die Marie das Umschlagtuch über ihre Schultern gelegt und schmiegt sich dicht an den Ofen. Sie kann sich nicht zum Fegen aufraffen.

Ab und zu stößt der Wind durch den Türspalt einen Ruf oder einen Seufzer aus, der ganz und gar menschlich klingt.

Sie sieht alles von der schlechten Seite.

Wenn sie an den Macime denkt, sagt sie sich, dass sie ihn niemals heiraten wird.

Was ist denn am Ende schon das Leben einer Frau!

Die Cafés, in denen geraucht und Karten gespielt wird, wo man trinkt und den größten Teil des hart verdienten Geldes lässt, wo die Männer sich ewig aufhalten, ist eine seiner Plagen.

Die Arbeit der Frauen endet nie. Nichts Undankbareres als den Haushalt zu besorgen. Was man tut, bleibt unsichtbar.

Der Mann lässt seine gute Laune vor der Tür, wenn er nach Hause kommt. Man könnte auch meinen, er hätte Angst, dass ihm das Dach auf den Kopf fällt.

Wegen nichts und wieder nichts schreien die Männer.

Noch der Beste redet mit seiner Frau im Kommandoton. Mit der Haut des einen müsste man die anderen aufknüpfen.

Alles in allem haben die Alten wohl recht, wenn sie sagen, dass das Leben einer Frau nicht viel hergibt.

Die Marie seufzt. Sie fühlt die Tränen aufsteigen, ihre Nerven sind gespannt wie Saiten.

Der Westwind breitet strahlende Schäfchen- oder Schönwetterwolken über den blanken Himmel.

Die Iris betrachten vom Feldrain aus das Korn, das unter einer leichten Brise dahinfließt wie funkelndes Wasser.

An manchen, kreisrunden Stellen, wo viel Mist war, sind die Halme dichter und höher. Die wolligen Rücken von Widdern, könnte man meinen.

Das satte Getreide, die kräftigen Mandelbäume verleihen der Hochebene das Aussehen eines fruchtbaren Tals. Das Laub färbt sich weit vor den Hügeln blau, vor Himmel triefend, frisch.

Zwischen zwei Reihen Lavendel oder Wein blühen die Bohnenranken. Die Luft, die über den Feldweg herbeieilt, schmeckt nach Quellwasser. Sie ist durch den Kerbel gestreift, hat sich am Geißblatt geweidet.

Eine aus dem unteren Viertel, die Justine, hat, als sie um Petersiliensamen kam, der Norine ohne Umschweife gesagt:

»Ich hab die Marie lange nicht mehr gesehen. Zu sagen, sie hätte sich verändert, wäre untertrieben. Weil du sie immer vor Augen hast, bemerkst du es nicht. Die Kleine macht mir überhaupt keinen guten Eindruck. Du solltest mit ihr zum Arzt gehen.«

Im fiebrigen Gewirr ihrer Gedanken war die Norine kurz davor, auf den Gédéon Rougier zu hören, der anzudeuten schien, dass bei der Marie ein Fluch im Spiel sein müsse. Er gab ihr zu verstehen, dass bestimmte Hinweise, geheime Vorzeichen ihn gewarnt hätten und dass man sich so schnell wie möglich entschließen müsse, den Zauber zu bannen.

Die Luce neigte auch zu dieser Ansicht. Hieß es nicht, man habe die beiden Neugeborenen im Dorf nur dank des Eingreifens vom Gédéon stillen können, nachdem sie durch eine Verwünschung entwöhnt worden waren?

Man muss auch sagen, dass die Norine einen bösen Traum gehabt hatte.

Die Luce hatte aus ihrem Regal, unter dem Almanach, den *Schlüssel der Träume* genommen, worin sie keine wirklich passende Erklärung gefunden hatten.

Der Gédeón wurde zu Rate gezogen. Er ließ sich jedes Detail haarklein erzählen.

»Es war auf einer Flur, die, glaube ich, uns gehörte … Vielleicht bei Plan des Orgues, aber es ist ziemlich verschwommen. Ich befand mich dort, ganz allein. In der Mitte stand ein schöner Baum.«

»Was für einer?«

»Auch das war nicht zu erkennen. Es war weder eine Eiche noch ein Mandelbaum. Plötzlich erhob sich Wind.

Ein Wind, den ich nicht spürte. Ich hörte kein Brunnenrauschen.

Aber der Baum bewegte sich.

Es wurde böig. Den Baum schüttelte es kräftig. Wie jemand, der sich vor Schmerzen windet. Ich dachte: Er wird fortgerissen werden.«

»Was war das für ein Wind?«

»Nordwind, da der Baum ganz in der Sonne stand.

Plötzlich ist sein dickster, blühender Ast abgebrochen. Ich habe ihn wie einen Sterbenden schreien hören!

Mir brach der kalte Schweiß aus. Ich bin aufgewacht und fühlte mich so elend, dass ich den Costant gerufen habe.«

Der Gédéon hatte sich nichts entgehen lassen. Er dachte nach.

»Das«, sagte er schließlich, »ist ein böser Traum …«

Die Norine vertraute dies gerade ihrem Mann an, als der Moisson kam, den man in alles einweihte.

Er sah ihnen nacheinander in die Augen und tippte sich mit dem Finger an die Stirn.

»Seid ihr jetzt fertig mit eurem Unsinn? Aber dem Mädchen geht es schlechter, als ihr denkt. Sie grübelt schon zu lange. Man muss etwas tun. Es könnte böse enden.«

»Aber was soll man tun?«

Die Norine weint.

»Zum Arzt gehen. Vielleicht sagt er, sie braucht eine Luftveränderung. Wenn man sie verheiraten könnte …«

Sie reden vom Macime. Er ist die beste Partie im Dorf. Seine Familie kennt keine Krankheiten. Und noch dazu steht seine Zuneigung für die Marie außer Frage.

Die Norine, sonst so stolz auf ihre Sippe, wagt diesmal nicht zu sagen, dass der Macime über den großen Zeh läuft.

»Wir müssen den Jungen ermutigen, sie zu besuchen.«

»Wir waren immer anständig zu ihm.«

»Die Marie hat ihm nie eine Abfuhr erteilt.«

Sie wissen, dass er sich oft in der Nähe des Hauses aufhält. Wie nebenbei entwirrt er das Knäuel täglicher Beschäftigungen des Mädchens und trifft sie häufig, scheinbar zufällig.

»Das könnte böse enden«, hatte der Onkel gesagt.

Die Norine hat nur noch diese Worte im Kopf, sonst nichts. Sie pochen in ihren Schläfen wie ein entzündeter Fingernagel. Sie wehrt sich mit aller Kraft dagegen.

Wie zur Antwort auf eine heimliche Angst sagt sie:

»Unsere Marie würde niemals etwas Schlechtes tun.«

Der Onkel sieht sie an.

»Das gute Wetter wird nicht halten«, sagt der Costant. »Die Eule hat gestern Abend geschrien.«

Die Luce, die eben eintritt, bestätigt:

»Meine Hühneraugen plagen mich. Und seit zwei Tagen hat der Hahn keine rechte Lust zu krähen.«

Die Luft ist frisch wie eine Kinderwange.

Die Mutterschafe kehren heim, stürzen sich auf die Holzrinne, wo sie immer das grobe Salz bekommen.

Die Marie geht ihnen zwei Fäuste voll holen, die sie ihr aus der Hand fressen.

Auf dem Stein sitzend, hört sie, dass im Haus über sie geredet wird, achtet aber nur mit halbem Ohr auf die Worte, die sie aufschnappt. Es ist wie ein Bach, dessen Rauschen man nicht wahrnimmt, weil es einem gleich ist.

Sie begehrt nicht auf. Die sinkende Sonne taucht alles in ihre rosa Glut. Ein rötlicher Strahl hat sich auf ihren abgemagerten Arm gelegt. Er dringt ihr sanft unter die Haut, wohltuend wie Salböl.

Im Westen eine hohe, blaue Wolkenwand, gleich einem Gebirge mit zerklüfteter Front, Bergspitzen, Felsnadeln, scharfen, unüberwindlichen Graten, ein aufgewühlter Horizont, gesäumt von einer zauberhaften Schneebordüre. Jenseits, in leuchtenden Gefilden, die erholsame Frische flüsternden Laubs, die Seligkeit schillerndster Träume, die Glut stürmischer Freuden, unerhörten Glücks …

Sie lächelt beim Anblick der schönen Lüge.

Sie sieht sich wieder als kleines Mädchen. Dinge von früher, an die sie nicht mehr gedacht hatte, treiben an die Oberfläche. Erinnerungen tauchen auf, frisch und strahlend wie Blumen.

Unten am Hang staut sie das Wasser des Bächleins. Ihre Schuhe sind nass und schwer.

Ihr ist, als hätte sie die Kinderstimme von Macime im Ohr, der Kleider trug. Seine Beine waren krumm.

… Oder sie pflückt auf dem Plateau, wenn der Süßklee rot wird, diese großen Pflanzen mit dem Kopf voller kleiner gelber Blüten. Es sind stolze Pflanzen, die das schon hoch stehende Korn überragen. Man nennt sie die Maimännlein. Die Kinder lieben sie. Man kann sie leicht ausreißen.

»Mein Männlein ist größer als deins.«

»Meins ist größer als ich selbst.«

»Ich werde ihm eine Krawatte binden.«

»Ich ziehe ihm ein hübsches rotes Mohnkleid an.«

»Er ist mein Spielkamerad!«

Sie schielen mit ihren Männlein im Arm nach den feinen grünen Mandeln, die sie nicht bekommen, weil sie zu klein sind, um auf den Baum zu klettern. Von diesen köstlichen, leicht säuerlichen Früchten, die zwischen den Milchzähnen knacken, läuft einem das Wasser im Mund zusammen. Drinnen ist der Kern noch nicht fest geworden ...

Dann im Sommer, wenn die Tage endlos waren, aßen sie spät. Sie kam nach Hause, ganz zerschlagen vom vielen Herumspringen, schlief am Abendbrottisch ein. Zu der Zeit nannte sie ihren Vater Costant.

»Marie, iss deine Suppe«, sagte der Costant. »Sie hat keine Stacheln.«

»Zwingt man dich etwa zum Essen, wenn du krank bist?«

»Bist du krank?«

»Ja.«

»Was hast du denn?«

»Mir ist heiß.«

... Ihre Mutter zog ihr die Strümpfe aus, trug sie in ihr Bett, wo die Kühle der groben Laken wohl tat wie ein entspannendes Bad. Um sie noch besser zu spüren, breitete sie die Beine aus und zog ihr Hemdchen hoch bis unter die Achseln.

»Nur das Laken, Mama, keine Decke.«

Im Nu war sie eingeschlafen.

Oder wenn sie versuchte, eine schwarze, glänzende Grille zu fangen, die sich gerade gehäutet hatte, um sie mit einem Salatblatt in den kleinen Drahtkäfig zu sperren. Am Ende des Tages erfreut man sich an dem hellen Silberglöckchenton. Man horcht, aus welcher Malve oder welchem Klee er kommt, nähert sich vorsichtig, aber in der Nähe verstummt er ...

Eine Sache nach der anderen ging ihr durch den Kopf. Es glitt und glitt vorbei, wie kleine Stängel, Halme, Gräser auf dem Wasser, die nach dem Gewitter im Bach treiben.

Die Luft ist ruhig. Aus dem Kornfeld hört man ab und zu, wie aus dem Felsen perlend, den Ruf der Wachtel: Wittwiwitt! Wittwiwitt!

Sie hebt den Blick wieder. Die blaue Wolkenwand ist weggefegt, der Abendhimmel frei, zerteilt von horizontalen goldenen Dunstschwaden.

Das sind schöne, friedliche Wolken.

Diese Ferne zieht sie an, löst sie von der grausamen Welt. Sie spürt die Erschöpfung des Viehs, das über endlose Straßen trottet, ermattet von Staub und Sonne, bereit, umzusinken.

Die liegenden Wolken sprechen ihre eigene Sprache, unhörbar, aber überzeugend: Alles, was aufrecht und prachtvoll ist, die Wand, die der Maurer laut singend errichtet, der Baum, der sich dem Wind entgegenstellt, der stolze Mensch, der kahle Granitschädel des Hügels, alles fällt zu guter Letzt, die Wand, der Fels, der Baum, der Mensch.

Maries Augen weiden sich am Anblick der schönen Wolken, in denen ihre Phantasie strahlende, gefällige Gräber erkennt ...

Und die Hügel, quälen sie sich etwa, empören sie sich, die schönen, welligen Hügel, hingegossen in ihren blauen Schleiern, von den Wogen des Himmels getragen?

Zucken sie je mit der Schulter, bewegen das Becken?

Das himmlische Blätterdach wird dunkler, und die flachen Felsbänke, und der blasse Lavendel, der sich tiefblau färbt wie der Lavandin ...

Die Sterne sind hinabgestiegen.

Die Grillen zirpen leiser. Das i des etwas schrillen cri ... cri ... vom Tage verwandelt sich in ein u, den schöneren, ruhigeren Nachtgesang; rrurrurru ... rrurrurru ... rrurrurru ...

Es war noch früh an diesem Morgen. Sechs Uhr. Vor dem Ofen hackte die Norine trockenes Olivenholz. Die Marie mahlte Kaffee.

Der Costant, der dem Pferd zu trinken gegeben hatte, kam herein und rieb sich die Hände. Er war starr vor Kälte, die Lippen blau.

»Draußen geht ein höllischer Mistral. Heizt schnell den Ofen an!«

»Bläst es?«

Zur Antwort pfeift er und schüttelt seine Hand, dass die Finger schnalzen.

Die Kleinen sind noch im Bett. Die Vorhänge an den Fenstern tanzen. Die Marie, die an der Mühle kurbelt, hat eisige Finger.

Sobald die Norine das Streichholz hineingeworfen hat, bullert der Ofen wie verrückt.

»Hoffentlich geht er nicht aus … Bei diesem Wind hat er manchmal zu viel Zug.«

»Der Kaffee wird nicht so bald kochen. Man muss den Ofen die ganze Zeit stopfen, und es wird doch nicht warm.«

»Stopf ihn nicht zu sehr! An Tagen mit so unseligem Wetter wie heute setzt man sein Haus in Brand.«

Die Marie stand am Fenster.

Sie betrachtete den blank gefegten Himmel.

Der Blick ging weit und klar über die Felder. Der Wind verhärmte die Züge der Erde, entblößte ihre runzlige Haut, grub Falten hinein und ließ die steinernen Knochen hervortreten.

Nach Norden strebten zwei kleine Wolken, die der Wind eilig zurückscheuchte. Weiß und wattig flohen sie gen Süden, verformten sich, fransten aus.

Der Wind pfiff in den Schornstein, wummerte gegen die Türen. Er knurrte nebenan, trampelte oben, wo die Kleinen schliefen, mit zornigen Schritten herum. Man hörte ihn in der Scheune brüllen.

Im Stall wie ein Hagelschauer. Und man hatte immerzu den Eindruck, es poltere jemand, vier Stufen auf einmal nehmend, die Treppe hinauf.

Plötzlich schwiegen sie: man hörte Glocken. Der Costant bückte sich unter den Kaminsims, wo es herzukommen schien, lauschte.

Es klingelte weiter. Er trat hinaus, um zu horchen, ob man nicht Sturm läutete. Bei solchem Wetter musste man damit rechnen.

Wieder zurück in der Küche, wo seine Frau und seine Tochter ihn fragend ansahen, schüttelte er den Kopf.

»Vielleicht hat der Wind es aus einem anderen Dorf herübergeweht.«

Ein heller, melodischer Ton, der aus dem Loch im Spülstein heraufstieg. Die Norine ging daran horchen.

»Hier kommt es her.«

Sie beugten sich darüber. Aus dem Rohr drang eine Symphonie entfernter, reinster Glöckchen.

Als die Öffnung mit einem Lumpen verstopft war, verstummte die seltsame Musik.

Sie hatten sich wieder dicht an den Ofen gestellt.

»Aber merkwürdig ist es schon ...«

Der Wind, der mit zusammengepressten Zähnen pfiff, schob unter der Tür eine schneidende Eisklinge hindurch. Die Marie legte einen dicken Sack Holzscheite davor.

Es war nicht auszuhalten. Als wäre man draußen auf der Straße.

Sie hatte sich wieder ans Fenster gestellt, versunken in den Anblick des blanken, von vereinzelten Wolken durchzogenen Himmels, die der Wind in Stücke riss.

Sie fühlte sich, genau wie diese blendend weißen Flocken, vom Sturm gebeutelt, zerfetzt. Diese leidende Stimme, die schrie, sich überschlug, die ganze klingende Ebene erzittern ließ, das war ihre. Der Orkan riss sie auf seinen mächtigen, tragischen Schwingen mit sich fort. Tränen erstickten sie.

Sie musste an sich halten. Mit verzerrten Lippen und bebendem Kinn kam sie zum Tisch, kippte den Milchkaffee hinunter, den die Mutter ihr eingeschenkt hatte, und verbrannte sich dabei.

»Willst du kein Brot dazu?«, fragte die Norine, die, ganz damit beschäftigt, die Schalen für die Kinder vorzubereiten, nichts bemerkt hatte.

Unter dem Waschbecken stand der Gemüsekorb. Die Marie holte ihn hervor.

»Das ist nicht mehr zu gebrauchen. Es ist alles welk. Wir haben kein Grün für die Suppe. Ich lauf eben zur Hütte und hole welches.«

»Bei dem Hundewetter! Wenn wir das, was da ist, gut auslesen, kommen wir noch einen Tag damit hin. Da brauchst du nicht zur …«

Sie geht ohne eine Antwort hinaus.

»Marie, zieh dir was an! Nimm das Tuch. Bei diesem Wetter! Marie! Du bist verrückt!«

Auf dem Plateau ist der Wind noch schlimmer. Er schiebt und stößt sie. Ihr wird davon ganz schwindlig. Seine schweren, harten Wogen verfolgen sie, treffen sie. Sie rennt vor ihm her, das dünne Kleid an die Glieder geklebt. Ihr Schatten am Boden rennt und taumelt. Ihre Haare, die von der Trockenheit ganz gerade sind, peitschen in glatten Strähnen ihre Stirn. Sie zittert, wird immer blasser, während sie läuft, klappert mit den Zähnen. Ihr Gesicht ist das einer anderen. Der Wind beißt ihr in den Nacken.

»Ich sehe aus wie eine Verrückte …«

Unten umspült der Himmel, am Rand der Erde, die blauen Göttinnen mit den schönen, wiegenden Hüften …

Plötzlich wirft sie ihren Korb in ein Feld; schlägt nicht den Weg zur Hütte, sondern den der Fontes-Rouges ein.

»Marie! Marie!«

Ihr ist, als riefe eine verwehte Stimme nach ihr. Diese Stimme dringt durch den Wind zu ihr wie ein schlingerndes Wrack. Ihr ist, als wäre es ihre Mutter, die sie da ruft. Sie dreht sich um.

Sie ist allein auf dem Plateau.

Der Wind röchelt heiser in der Gestalt des Himmels.

Ein junger Mandelbaum, den der Wind entwurzelt hat, versperrt den Weg, bedeckt mit schweren Ästen und schon recht großen grünen Mandeln, die Wurzeln, feucht und voller Erde, in die Luft gereckt.

Der Sturm hat ihn der guten Erde entrissen. Er wird keinen Himmel mehr trinken, keine Blüten, keine goldenen Kerne in der aufgesprungenen Schale mehr tragen. Die Marie klettert über den Stamm, bricht dabei in heftiges Schluchzen aus, rennt schneller.

Sie hört in ihren Schläfen, im Brüllen und Wüten des Mistrals, Totenglocken anschwellen. Sie schreit! Dann wird es ihr also so ergehen wie der armen Estelle Eymeric, die mit vierundzwanzig Jahren an der Liebe starb. Sie erinnert sich, wie sie als kleines Mädchen auf ihrer Beerdigung war.

Die Alten, die Kinder, alle weinten. Der Pfarrer stand bleich vor dem mit Blumen geschmückten Sarg. Er war so bewegt, dass er kaum die Gebete sprechen konnte …

Die Marie ist ganz schwer vom Wind.


Sie geht die Fontes-Rouges hinunter, wo die Luft mit einem Mal mild und angenehm ist. Kein Hauch bewegt die Olivenzweige. Das Geheul der hundert Verdammten und das Zischen der Schlangen sind verstummt.

Taubenschwärme kommen und gehen, picken in der warmen Erde unter den Olivenbäumen, geschützt vor dem heftigen Wind.

Hier hat sie im vergangenen Winter mit ihrer Mutter geerntet. Die letzten Oliven …

Olivier …

Ein Nebelschleier senkt sich langsam auf sie hinab, wie ein Leichentuch.

Am Wegrand, wo sich Salbeibüschel großflächig ausbreiten, leuchtet blühender Ginster. Nicht dieser Besenginster mit den stinkenden Blüten, der an von Schafen abgefressenen Stellen wächst, sondern der hohe, wunderschöne duftende Ginster, der prächtige Ginster mit großen Blüten, die wie Altarkerzen strahlen …

Sie ist beim Becken der Luce angekommen. Über ihm erheben sich ein würdevoller Lorbeer und ein Rosenstrauch, halb wild, halb veredelt, der eine einzige Blüte ist. Die Marie, die nicht mehr weint, nimmt Hände voll Blütenblätter, hält sie sich unter die Nase, atmet den Duft ein. Dann fallen die Rosen aus ihren erschlafften Fingern.

Sie schließt die Augen und gibt sich plötzlich einen Ruck.

Eine Wassergarbe schießt empor, hell …

Erschreckt flattern die Tauben auf.

Ihre glatten Flügel schillern, als sie mit seidigem Rascheln über das Becken fliegen.

Oben auf dem Plateau, das im Licht flimmert, lässt der Wind seine Gerten zischen, peitscht die trauernden Mandelbäume.

## Maria Borrély – vom Finden, Suchen und Entdecken

Seit vielen Jahren verbringe ich die Sommerferien mit meiner Familie in Puimoisson, einem kleinen, unaufgeregten Dorf in der Provence. Nicht in der Kultur-Provence, sage ich immer gleich dazu, also nicht westlich der Autobahn, Richtung Avignon, Aix, Arles und so weiter, sondern östlich, in den Alpes de Haute-Provence, wo es nur Felsen, Sonnenblumen- und Lavendelfelder gibt. Außerdem Weite, Sonne, Rosmarinduft, Himmelblau. Keine Kultur.

Bis vor ein paar Jahren eine neue Bar eröffnete, *Le Tracteur*, in der Jazzmusik lief, man sich mit dem Wirt, der inzwischen Bürgermeister ist, auf Französisch, statt Provenzalisch verständigen konnte, und in der es eine Vitrine gab, nicht mit Lavendelhonig, -kissen, -sträußen, -essenz, sondern mit den Büchern eines kleinen regionalen Verlags. Dort fand ich zu meiner Überraschung *Sous le vent*: Geschrieben 1929 von einer gewissen Maria Borrély, so informierte der Klappentext, schilderte es die enttäuschte Liebe einer jungen Frau hier in »meinem« Dorf.

Ich machte mich auf eine ländlich-pittoreske Erzählung gefasst, doch die Sprache des kurzen Romans war beeindruckend: zugleich bäuerlich und poetisch, archaisch und modern. Ein echtes literarisches Kleinod, das hier spielte, an diesem Ort, dessen vertraute Physiognomie ich zwischen den Seiten wiederfand: die zusammengedrängten Steinhäuser mit ihren blassroten Ziegeldächern, die unendliche Weite der Landschaft rundherum, die über das Plateau peitschenden Winde, das wechselnde Spiel des Lichts in den Bergketten, die nach allen Seiten den Horizont säumen.

Aus dem Nachwort erfuhr ich zudem, dass Maria und ihr Mann Ernest Borrély mit dem berühmten provenzalischen

Schriftsteller Jean Giono, Autor u. a. von *Der Husar auf dem Dach* und *Der Mann, der Bäume pflanzte*, befreundet waren, dass Giono selbst sich bei diversen Verlagen für Maria Borrély eingesetzt und schließlich kein Geringerer als der spätere Literaturnobelpreisträger André Gide den Roman geprüft hatte und von ihm so beeindruckt war, dass er ihn zur Veröffentlichung im herausragenden Verlagshaus Gallimard empfahl.

*Chère Madame*, schreibt Gide am 18. Oktober 1929 an die Autorin, *ich habe gerade die Lektüre Ihres Buches beendet und bin nun in der Verlegenheit, Ihnen zu schreiben. Ich wusste, dass es mich in Verlegenheit bringen würde, hatte jedoch angenommen, es sei aus vollkommen anderen Gründen, denn die vortrefflichsten Eigenschaften Ihres Buches sind solche, die ich am wenigsten erwartet hatte, darin zu finden – jene, die man, so scheint mir, äußerst selten bei einer Frau findet und die ich eben gerade vor allen anderen schätze: eine außerordentliche Knappheit, ein Reichtum an Farben, ein eigentümlicher Klang, eine unmittelbare Kraft bis in die kleinsten Sätze der Dialoge, die Fähigkeit, eine Atmosphäre heraufzubeschwören, die ein wenig phantastisch und doch ganz und gar real ist …*[1]

Meine Neugier war geweckt. Wer war diese Frau, die zurecht solche Bewunderung hervorrief und doch ganz von der literarischen Bühne verschwunden war?

Geboren wurde Maria Rose Brunel am 16. Oktober 1890 in Marseille, als zweites Kind des Polizisten Julien Brunel und seiner Frau Théodore. Mit drei Jahren erkrankte sie an Kinderlähmung. Zur Erholung schickten ihre Eltern sie nach Aix en Provence zu ihrer Tante und deren Lebensgefährten, Leiter der Lokalausgabe des *Petit Marseillais*, der beschloss, sich um die Ausbildung des

---

1    Im Anhang zu: Maria Borrély, *Sous le vent*, Éditions Parole, 2009

kleinen, äußerst aufgeweckten Mädchens zu kümmern. Maria verbrachte daraufhin die nächsten zehn Jahre, bis zum Tod des Onkels, unter dessen Dach, wo sie Journalisten und Intellektuellen begegnete. Mit nur sechzehn Jahren bestand die brillante Schülerin die Aufnahmeprüfung zur École Normale, dem Lehrerinnenseminar, in Digne-les-Bains.

Die Direktorin bescheinigte ihr in ihrem Abschlusszeugnis, das sie zwei Jahre später erwarb, unter anderem:

*Lebhafte Intelligenz, feiner, scharfer Verstand; ausgeprägter Sinn für Ästhetik (…) Ausgeprägte pädagogische Fähigkeiten, etwas schwankend, aufgrund ihres Gesundheitszustands. Übermäßige Freimütigkeit, die ihr vielleicht nicht immer dienlich sein wird. Sehr gradliniger und energischer Charakter. Nervöses Temperament.*[2]

Ihre erste Stelle trat die junge Frau – mit gerade mal neunzehn Jahren – im Herbst 1909 im Bergdorf Certamussat an, 1600 Meter hoch in den Seealpen nahe der italienischen Grenze gelegen.

Sie schrieb:

*Nachts lag ich allein in meinem Bett und fürchtete mich vor dem ungeheuren Tosen der Ubayette, dieses reißenden, bedrohlichen Wildwassers. (…) Am Morgen stieg ich zu ihren Ufern hinunter. Auf den Wiesen in der Nähe sah ich meine Schülerinnen, kleine, fünfjährige Mädchen, Kühe hüten, vor denen ich selbst Angst hatte, was ich jedoch nicht zu zeigen wagte. Ich ging zum Ufer des Flusses und versank in grenzenloser Bewunderung. Hartes, kristallklares Wasser, das donnernd über große Steine sprang, schneeweiße Schaumwirbel, prachtvoller Gebirgsbach, der mich überwältigte, mir den Atem nahm …*[3]

2  *Sciences et Techniques en Perspective*, II. série, vol. 14 : *Maria Borrély 1890–1963. Une institutrice engagée, résistante, romancière.* Actes du Colloque de Peyresq, Librairie Blanchard, 2010

3  Paulette Borrély, *Maria Borrély 1890–1963. La vie passionnée d'un écrivain de Haute-Provence*, Éditions Parole, 2011

Außer der rauen Bergwelt lernte sie hier Ernest Borrély kennen, auch er Lehrer in einem wenige Kilometer entfernten Weiler, heiratete ihn im September 1910. Im November 1911 kam der gemeinsame Sohn Jacques zur Welt. Es folgte die Berufung ins nicht weniger abgelegene Saint-Paul-sur-Ubaye, wo es im Frühjahr, nachdem die Schneeschmelze die Schindeln vom Dach gerissen hatte, in die Lehrerwohnung über den beiden Klassenräumen regnete. 1914 wurde Ernest eingezogen, kämpfte in den Vogesen, wurde 1915 wegen eines Magenleidens vorzeitig entlassen und kehrte, wie so viele Männer seiner Generation, tief erschüttert nach Hause zurück.

1918 wird das Ehepaar nach Puimoisson versetzt, wo es vierzehn Jahre lang bleiben wird, den zweiten Sohn Pierre bekommt. In diesen Friedenszeiten und milderen Gefilden beginnt für sie ein neues Leben. Wie so viele Intellektuelle, Professoren und Lehrer ihrer Zeit setzt sich auch Maria Borrély nach dem Trauma des Ersten Weltkrieges zum Ziel, etwas zu verändern. Sie tut dies als Lehrerin, indem sie die neue Methode des Reform-Pädagogen Célestin Freinet anwendet, die den Schülern Mitsprache und Mitgestaltung ermöglicht. Sie tut dies durch politisches Engagement: als Mitglied der Kommunistischen, später der Sozialistischen, dann wieder der Kommunistischen Partei Frankreichs, als Sekretärin der Lehrergewerkschaft, durch Artikel im *Travailleur des Alpes*, dem Organ der *Fédération socialiste des Basses-Alpes*. Und schließlich findet ihre intensive Auseinandersetzung mit den großen, drängenden, alles umwälzenden Fragen ihrer Zeit, ihre existentielle Wahrheitssuche, aber auch ihre Sensibilität und tiefe Liebe zu den Menschen und zur Natur einen Ausdruck im Schreiben.

1928 veröffentlicht sie auf eigene Kosten im Verlag Figuières ihren Essay *Aube* (dt.: Morgenröte), in dem sie, nicht ohne Pathos und eine gewisse Naivität, die These vertritt, der Mensch habe sich dadurch, dass er begann, Fleisch zu essen, und somit zum Jäger und grausam wurde, entmenschlicht. Einige Passagen darin verblüffen durch ihre Aktualität:

*Die Zeitungen berichten gegenwärtig ein bisschen überall, allerorten auf dem Globus, sei es in London oder New York oder Sydney über ungeheuer heftige Gewitter, Tornados, die von Katastrophen begleitet werden: von über die Ufer tretenden Flüssen, Erdrutschen, Steinlawinen, die Dörfer und Anpflanzungen verschlingen, eingestürzten Häusern, zerstörten Städten und Ortschaften, obdachlosen oder getöteten Menschen. Der Grund? Wir geben in aller Bescheidenheit zu, dass wir recht wenig von der meteorologischen Wissenschaft verstehen. Dennoch erinnern wir daran, dass zwölfjährige Schüler, die man in deren Grundzügen unterrichtet, lernen, dass der Mensch das Klima beeinflusst, dass Niederschläge in bewaldeten Regionen häufiger, länger und weniger heftig sind, in entwaldeten Regionen dagegen seltener und verheerender.*[4]

Ein Kapitel, das sie den Bäumen als stillen Wohltätern der Natur widmet, nimmt ein Motiv aus *Mistral* vorweg:

*Die Bäume, die zum Glück weder verstehen zu predigen noch zu preisen, noch zu missionieren, sind dennoch Überbringer einer Moral. Ihr Wirken lehrt uns eine Moral, denn sie sind Schönheit und Güte. Sie sind gütig bis hin zum Edelmut. (…) Sie halten die brennenden Strahlen einer allzu sengenden Sonne ab. Sie schützen unsere Häuser vor rasenden Winden und lassen nur eine besänftigte Brise zu uns dringen, harmonische Töne, die sich als liebliche und vielfältige Klangwellen in den Tiefen ihrer Zweige brechen.*

Neben Maria Borrélys großem Thema, dem Mit- und Gegeneinander von Mensch und Natur, enthält *Aube* schon im Vorwort ihre philosophischen, politischen und sozialen

---

4   Maria Borrély, *Aube*, Editions Terradou, 1990

Überzeugungen – oder Wunschträume: *Wir glauben nicht an die Unausweichlichkeit des Bösen, an die Fortführung der Kriege. Wir hoffen auf die Heraufkunft eines Reiches der Menschen, eines Reiches des Friedens mit strahlender, von Blumen umkränzter Stirn, unter dem sich die Menschen aller Rassen und Hautfarben verbrüdern werden.* Vor allem aber zeigt sich in Aube bereits ihr ganz eigener, neuer kompromissloser Stil, dicht und physisch, dann wieder reich an poetischen Metaphern und doch immer auf der Suche nach klassischer Strenge.

Ein Jahr später kommt es zu einer für ihre literarische Karriere folgenreichen Begegnung. Die Lehrer Maria und Ernest Borrély, die von den Inspektoren der Schulbehörde immer wieder für ihre Arbeit gelobt werden, lieben ihren Beruf. Doch sie wollen mehr. Die Schule soll ein Zentrum des kulturellen Lebens im Dorf werden. Ernest plant die Einrichtung einer öffentlichen Bibliothek. Und er organisiert Leseabende, zu denen er die Dorfbewohner einlädt. Als im Jahr 1929 der Roman *Der Hügel* des Bankangestellten Jean Giono aus der nahen Stadt Manosque erscheint, der die Natur und das Leben der Bauern in den Mittelpunkt stellt, sind die Borrélys begeistert und beschließen, den Autor in ihr Dorf einzuladen. Der nimmt an und erwähnt den denkwürdigen Abend gleich in mehreren Briefen an Freunde, hier an den Dichter und Künstler Lucien Jacques:

*Mir wurde das schöne Erlebnis zuteil, von einem Dorf eingeladen zu werden. Vom Dorf Puimoisson. Der Lehrer hatte* Der Hügel *gelesen, er ließ es im Dorf lesen. Man hat mich eingeladen. Ich bin hingegangen. Dort am Tisch saßen der Stellmacher, der einheimische Wildschweinjäger und der Schäfer und diskutierten über die Schrecken der Hügel.*[5]

5  Jacques Mény, »Giono et ›les Borrély‹: une amitié«, in: *Sciences et Techniques en Perspective Op. zit.*

Maria gibt ihm ein Exemplar von *Aube* und erzählt ihm von ihrem in Arbeit befindlichen Roman *Mistral*. Wenig später schreibt Jean Giono ihr:

*Ich habe* Aube *wiedergelesen, Madame, und ich habe darin eine Hymne an die Linde gefunden, die ein kleines Wunder ist, und so viel anderes mehr! Ach! Ich kann es nicht erwarten, etwas mehr Zeit mit Ihnen zu verbringen, damit wir ausgiebig über Ihre Projekte und das, was Sie bisher getan haben, sprechen können. Sie sind ein frischer Quell, und Sie lassen Gänseblümchen um sich her sprießen.*[6]

Von nun an besucht Giono die Borrélys häufig, diskutiert mit Maria über Literatur. So entsteht im Haus des Lehrerehepaars, in der *kulturellen Wüste der damaligen Provence*[7], eine Art literarischer Zirkel, eine Gruppe gleichgesinnter befreundeter Schriftstellerinnen und Schriftsteller, zu denen neben den schon genannten auch Jean Proal, Lucien Jacques und Rose Celli gehören. Der bereits von Kritik und Publikum anerkannte Giono setzt sich in der Verlagswelt für die Freunde ein, in Maria Borrélys Fall mit Erfolg: *Mistral* erscheint 1930 beim renommierten Gallimard-Verlag und wird im Feuilleton hoch gelobt: *Ein Gesang auf die Natur, einer der schönsten, die es gibt* (Claude Dravaine)[8]; *Lesen Sie* Mistral, *ein Roman, so schön und groß wie das Leben, wie das Volk, das Maria Borrély darin besingt* (Lucien Roth)[9]; *Maria Borrély hat eines der schönsten Gedichte von Liebe und Tod geschrieben, die wir je lesen durften* (Lucien Gachon)[10]; *Ihr Werk erinnert oft an Ramuz und Giono, doch strenger, und ihr*

---

6  Ebd.
7  Ebd.
8  Ebd.
9  Danièle Henky, »Maria Borrély: Passion de l'écriture et écriture de la passion«, in: *Sciences et Techniques en Perspective Op. zit.*
10  Ebd.

*ernster, viriler Stil hat zuweilen etwas von der Gemessenheit bib-*
*lischer Erzählungen.* (Claude Fayard)[11]

Immer wieder wird sie als Malerin mit Worten bezeichnet.
So auch von André Gide in seinem bereits zitierten Brief an die
Autorin: *Ich stehe vor Ihrem Buch wie vor einem Gemälde, an dem
mich jeder einzelne Pinselstrich so sehr verzaubert, dass mich nicht
mehr so sehr kümmert, was es darstellen mag.* Doch wo Giono,
mit dem man sie vergleicht, seine Ölfarben dick aufträgt, setzt
Borrély einzelne Striche mit Bedacht. Wo er verschwenderisch
ist, ist sie sparsam. Sie hebt die Realität durch ein treffendes,
suggestives Bild hervor, wo er sie mit seiner Vorstellungskraft
überschreibt. Klassizismus und Wahrheit auf der einen, Barock
und Imagination auf der anderen Seite. Während Giono ein
vermeintliches versunkenes Bauernidyll heraufbeschwört und
dabei sein schriftstellerisches Pfauenrad schlägt, sind Borrélys
Texte bei aller Lyrik in den Naturschilderungen immer von dem
Wunsch beseelt und getragen, die Verfasstheit des Menschen in
dieser Welt zu zeigen und zu ergründen, von einer tiefen, exis-
tentiellen Wahrheitssuche. Genau darin liegt ihre Zeitlosigkeit,
während Gionos frühe Texte heute etwas folkloristisch anmuten.

Sucht man nach einer Erklärung dafür, warum Maria Borrély,
die einen Vertrag über zehn Bücher mit Gallimard hatte, von
der Kritik gelobt und für bedeutende Literaturpreise nomi-
niert wurde, warum sie dennoch nach wenigen Jahren aufhörte
zu publizieren, so stößt man auf mehrere zusammenwirkende
Faktoren.

Zum einen war Maria Borrély immun gegen die Ver-
lockungen des Ruhms, um den es ihr, der nach Sinn und Wahrheit Suchenden, nie gegangen war. Einladungen nach Paris

---

11 Ebd.

lehnte sie samt und sonders ab, Journalisten empfing sie nur, wenn diese sich auf ihr Hochplateau bequemten – eine damals mehr als beschwerliche Reise. Die Journalistin Claire Géniaux wagt sich an einem verregneten Oktobermorgen auf die schlammigen Straßen, um die 40-Jährige Debütantin für eine Reportage im *Journal des Femmes* zu interviewen. Plastisch beschreibt sie den in eine gigantische Dreckpfütze verwandelten Platz, das graue Schulhaus, die schmucklos gekleidete Autorin, die keinerlei Zugeständnisse an weibliche Eleganz macht, weder Paris noch Nizza kennt, in einfachen Verhältnissen unter einfachen Menschen lebt. Doch sie zollt ihr auch Respekt: *Ich glaube nicht, dass Maria Borrély die Pariser Literatinnen beneidet. Wie recht sie hat! Wenn man wie sie ein echtes schriftstellerisches Naturell besitzt und das Glück hat, in einer Region von so ausgeprägtem Charakter inmitten von Menschen zu leben, die sich ebenfalls ihre Ursprünglichkeit bewahrt haben, dann kann man gewiss sein, einzigartige, kraftvolle Werke zu schreiben.*[12]

Sie, die sich selbst ebenfalls als Frau in einer Männerdomäne behauptet, verschweigt nicht, wie entbehrungsreich das ist: *Ahnen meine Leserinnen, dass ein Leben wie das Maria Borrélys Tapferkeit, Anstrengung und Vertrauen erfordert? Verantwortlich für eine anspruchsvolle Schulklasse ebenso wie für den Haushalt, zweigt sie die Zeit zu schreiben von ihrem Schlaf ab.*

Und tatsächlich hält Maria Borrély der Belastung durch ihr vielfaches Engagement für die Schüler, die Familie, die Politik, die Literatur, zu der noch eine Krise ihrer Ehe hinzukommt, körperlich und nervlich nicht stand. Nach dem Umzug nach Digne-les-Bains im Jahr 1933 und der vorübergehenden Trennung von ihrem Mann lässt sie sich aus gesundheitlichen

---

12  Danièle Henky, *Maria Borrély. La vie d'une femme ébloui*, Le Papillon Rouge Editeur, 2022

Gründen frühberenten. Sie erholt sich von ihrer Erschöpfung, veröffentlicht noch einen Roman, *Das Dorf ohne Sonne* (1936), liest Walt Whitman, den sie verehrt, James George Frazers religionsgeschichtliche Studie *Der goldene Zweig*, die Upanishaden, die Bibel. Ihre Suche wird immer spiritueller, sie will ihrem Schreiben eine neue Richtung, eine neue Tiefe und Bedeutung geben. Sie beginnt mit dem Vorhaben, ihre Romane zu überarbeiten, verfasst neue Texte, die jedoch nicht mehr veröffentlicht werden. Der Zweite Weltkrieg trägt das Seine dazu bei. Ernest Borrély wird aufgrund seiner Zugehörigkeit zur Sozialistischen Partei mit einem Berufsverbot belegt und mehrmals von den Deutschen verhaftet. Das wiederversöhnte Paar engagiert sich im Widerstand, die örtliche Résistance-Gruppe trifft sich in der Wohnung der Borrélys, unter der, im Erdgeschoss, das Hauptquartier der Besatzer liegt. Man kann sich leicht vorstellen, dass das literarische Schaffen in diesem Kontext in den Hintergrund geriet.

Am Ende ihres Lebens, so sagte Maria Borrély selbst, habe die religiöse Erziehung ihrer Mutter sie wieder eingeholt. Doch – wie könnte es anders sein – nicht ohne von ihr hinterfragt zu werden. Man müsste sich, denkt sie, ohne die Existenz Gottes zu verleugnen, ganz neu mit den Evangelien befassen, die absichtlich falsch ausgelegt worden seien, um die weltliche Macht der Kirche zu zementieren. Ja, man müsste sogar einen neuen Text schreiben, die Modernen Upanishaden. Mit diesem vielleicht schon etwas entrückten Vorhaben wird sie sich, bescheiden und zufrieden in Digne von ihrer kleinen Rente lebend, bis zu ihrem Tod 1963 beschäftigen.

Lange Zeit blieb es still um die Autorin, bis sie in Frankreich eine kleine Renaissance erlebte, nachdem sie von dem südfranzösischen Verlag Éditions Parole auf eine Weise wiederentdeckt wurde, wie sie nicht besser zu ihr hätte passen können: Jean und Marie Darot, die den Verlag 2004 gründeten, veranstalteten, ähnlich wie zu ihrer Zeit die Borrélys, von dem Wunsch beseelt, ein paar kulturelle Funken in die einsamen Dörfer der Haute-Provence zu tragen, Leseabende, sogenannte *Soupes aux livres* – Büchersuppen –, zu denen jeder, der wollte, etwas beisteuern konnte. An einem der ersten dieser Abende las eine Bäuerin aus der Gegend Passagen aus *Mistral* vor, die alle Zuhörer so sehr beeindruckten, dass das Verlegerpaar beschloss, die in Vergessenheit geratene Autorin wieder zu veröffentlichen. In Zusammenarbeit mit den Erben der Autorin, ihrem Sohn Pierre und dessen Frau Paulette Borrély, entstanden Neuauflagen der zu Lebzeiten erschienenen drei Romane *Sous le vent (Mistral)*, *Le dernier feu (Das letzte Feuer)* und *Les Reculas (Das Dorf ohne Sonne)*, postume Erstauflagen ihrer späteren Manuskripte *La tempêt apaisée* (dt.: Nach dem Sturm) und *Les mains vides* (dt.: Die leeren Hände) sowie eine Biographie in Selbstzeugnissen.

Und so fiel mir vor einigen Sommern im *Tracteur* von Puimoisson *Mistral* in die Hände, das mich ebenso verzauberte wie zuvor Giono, Gide und das Ehepaar Darot und in mir den Wunsch weckte, in Deutschland den richtigen Verlag dafür zu finden und seine Neuübersetzung zu wagen.

An der Frage, ob Neuübersetzungen von Klassikern »erlaubt« sind, scheiden sich die Geister, da ja, so das Argument der Gegner, die Originale auch nicht immer wieder neu geschrieben werden. Im Fall von *Mistral* schien mir die Antwort jedoch eindeutig zu sein: Die auf ihre Art und in ihrer Zeit hervorragende Übersetzung von Walter Gerull-Kardas aus dem Jahr 1939 hatte dennoch sehr viel mehr vom oben erwähnten Giono'schen Barock als von der Borrély'schen Strenge, oder besser dem eigentümlichen Wechsel aus extremer, schnörkelloser Verknappung und lyrischer Verfeinerung, die mich beim Lesen des französischen

Originals von *Mistral* so beeindruckt hatte. Auch erklärte der Übersetzer nach meinem Dafürhalten zu viel, anstatt die Auslegung nicht ganz eindeutiger Passagen der Phantasie der Lesenden zu überlassen.

Es ist durchaus vorstellbar, dass er es in bestem Wissen und Gewissen für richtig hielt, den Text der in Deutschland gänzlich unbekannten »Schülerin« des großen, auch hierzulande schon beliebten provenzalischen Meisters jenem und damit den Erwartungen des deutschen Lesepublikums ein wenig anzupassen. Ich habe mir also mit meiner Neuübertragung zum Ziel gesetzt, dem Original trotz des großen zeitlichen Abstands wieder näher zu kommen, als ihm die zeitlich nähere erste Übersetzung war. Das heißt, den deutschen Leser*innen das »zuzumuten«, was die Autorin damals den französischen Leser*innen »zugemutet« hatte: ein Wechselbad aus sinnlich-poetischen, bildreichen Naturbeschreibungen auf der einen, und kurzen, stakkatohaften Sätzen sowie einer unverblümten Direktheit ohne jede literarische Überhöhung auf der anderen Seite. Es heißt auch, ihnen, wo immer es möglich ist, genau wie den französischen Leser*innen zuzutrauen, dass sie sich selbst einen Reim darauf machen, wenn zum Beispiel die Sonne am Abend nur etwas graues, enttäuschtes Licht zurücklässt oder der Tag langsam aus den Umrissen der Dinge sickert.

In einer Übersetzung ungewohnte Stilmittel des Originals nachempfinden zu wollen, ist immer riskant, denn es kann als Unbeholfenheit missverstanden werden oder auch schlichtweg misslingen. Erzählte man jedoch Maries Geschichte, ohne dies zu wagen, so würde man ein Bild malen, das dem in der Gartenhütte der Maurels gleicht: ein reg- und seelenloses Schäferstück. Maria Borrély dagegen hat ein beinahe schon verstörend bewegtes Bild gemalt. In dem sie die überwältigende Schönheit und Größe der Natur preist und zugleich deren Grausamkeit anklagt. In dem sie dem bäuerlichen Leben, das sich in den Lauf der Natur einfügt, Achtung zollt, ohne zu unterschlagen, wie sehr es den Einzelnen bedrängen und einschränken kann. In dem sie von weiblicher Leidenschaft, weiblichem (Auf)Begehren und Sehnen schreibt, jedoch am Schluss ihre Heldin opfert.

Choral erzählt, fließt die Geschichte der lebensfrohen Marie, die an ihrer enttäuschten Liebe regelrecht zugrunde geht – übrigens inspiriert von einer wahren Begebenheit, die sich kurz vor der Ankunft der Borrélys im Dorf zugetragen hatte –, wie nebenbei ein in die alltäglichen Szenen und Dialoge des Dorflebens, und doch hat die Unausweichlichkeit ihres Schicksals etwas von einer antiken Tragödie.

Zwar war Maria Borrély, wie die Vorrede zu ihrem Essay *Aube* zeigt, keine Fatalistin oder Pessimistin. Sie glaubte an eine bessere Welt und wollte selbst alles dafür tun, diese herbeizuführen. Sie war jedoch auch eine Frau – mit brillantem Verstand und starkem Willen, aber äußerst feinfühlig, nervlich nicht besonders robust und körperlich eingeschränkt – in einer harten, von Männern dominierten Welt. Eine Suchende, eine Zweifelnde und sicher auch manchmal am Leben Verzweifelnde. Trotzdem oder gerade deshalb hat Maria Borrély, diese eigenwillige, widersprüchliche, engagierte Persönlichkeit, Schriftstellerin, Lehrerin, Feministin, Widerstandskämpferin, eine Spur hinterlassen, die ein wenig abseits der ausgetretenen Pfade an Orte führt, die es immer wieder zu entdecken lohnt.

In Digne ist inzwischen eine Mittelschule, in Puimoisson die Dorfschule, in Volx eine Straße nach Maria Borrély benannt. Es gibt verschiedene Forschungsarbeiten, die ihr literarisches Werk und ihr politisches und gesellschaftliches Engagement würdigen. In Puimoisson hält man mit regelmäßigen Lesungen und Veranstaltungen die Erinnerung an Maria Borrély wach, darunter ein Spaziergang an die Schauplätze des Romans: der Dorfplatz mit seinen zerzausten Bäumen, das Portal mit dem Wappen, der moosige Brunnen, die Fontes-Rouges mit Gärten und terrassierten Olivenplantagen links und rechts, und in den zerfallenen Vierteln am Hang die aufragenden Mauern mit leeren Fensterhöhlen, durch die auf weiten Schwingen der Wind aus der Ferne streicht …

Amelie Thoma, im November 2022

Die Originalausgabe erschien unter dem Titel *Sous le vent* 1930
bei Gallimard, Paris.

ISBN 978-3-98568-069-6

1. Auflage 2023
© Kanon Verlag Berlin GmbH, 2023
© Paulette Borrély, 2022
Umschlaggestaltung Anke Fesel / bobsairport
Unter Verwendung eines Gemäldes von William-Adolphe Bouguereau,
© San Diego Museum of Art; Gift of Mr and Mrs Edwin S. Larsen.
Bridgeman Images
Herstellung: Daniel Klotz / Die Lettertypen
Satz: Marco Stölk
Druck und Bindung: Pustet, Regensburg
Printed in Germany

www.kanon-verlag.de